以出世的状态而入世
——韩少功与中国寻根文学

[荷] 林恪 著
廖述务 王瑞瑞 译

樟园百花论丛

本书获湖南师范大学中国语言文学一流学科资助
本书系湖南省教育厅项目"韩少功海外暨港台接受研究"
(项目编号:16B166) 阶段性成果

知识产权出版社
全国百佳图书出版单位
——北京——

© Copyright 2005 Research School CNWS, Universiteit Leiden, The Netherlands

图书在版编目（CIP）数据

以出世的状态而入世：韩少功与中国寻根文学/（荷）林恪著；廖述务，王瑞瑞译. —北京：知识产权出版社，2020.12
书名原文：Leaving the World to Enter the World：Han Shaogong and Chinese Root – Seeking Literature
ISBN 978 – 7 – 5130 – 7380 – 6

Ⅰ.①以… Ⅱ.①林… ②廖… ③王… Ⅲ.①韩少功—作家评论 Ⅳ.①I206.7

中国版本图书馆 CIP 数据核字（2020）第 265639 号

策划编辑：蔡　虹　　　　　　　　　责任校对：谷　洋
责任编辑：高志方　　　　　　　　　责任印制：孙婷婷
封面设计：博华创意·张冀

以出世的状态而入世：韩少功与中国寻根文学
[荷] 林恪　著　廖述务　王瑞瑞　译

出版发行：知识产权出版社有限责任公司	网　址：http://www.ipph.cn
社　址：北京市海淀区气象路 50 号院	邮　编：100081
责编电话：010 – 82000860 转 8512	责编邮箱：15803837@qq.com
发行电话：010 – 82000860 转 8101/8102	发行传真：010 – 82000893/82005070/82000270
印　刷：北京九州迅驰传媒文化有限公司	经　销：各大网上书店、新华书店及相关专业书店
开　本：787mm×1092mm　1/16	印　张：11.5
版　次：2020 年 12 月第 1 版	印　次：2020 年 12 月第 1 次印刷
字　数：177 千字	定　价：49.00 元
ISBN 978 – 7 – 5130 – 7380 – 6	
京权图字：01 – 2020 – 0126	

出版权专有　　侵权必究
如有印装质量问题，本社负责调换。

❋ 原著作者

林恪（Mark Leenhouts），生于 1969 年，汉学家。2005 年以论文《以出世的状态而入世：韩少功与中国寻根文学》获得莱顿大学汉学系博士学位，现居荷兰莱顿，为全职翻译者、文学评论家。2012 年，获得荷兰文学基金会翻译奖。主要译作有钱锺书的《围城》、韩少功的《马桥词典》《爸爸爸》《女女女》《鞋癖》、苏童的《米》《我的帝王生涯》、毕飞宇的《青衣》、白先勇的《孽子》，以及鲁迅、周作人、沈从文、史铁生、张承志、阎连科、虹影、朱文、孔亚雷等人的作品。著作有介绍中国现当代文学的《今日中国文学：世俗的却有激情》（荷兰文版）。林恪积极参加中荷两国的文化交流活动，曾是荷兰译介中国文学的刊物《文火》的创刊者和编辑之一，为中国文学在荷兰的传播做出了重要贡献。近年来，他与两位翻译同仁合作从事翻译《红楼梦》荷兰文的项目。

肖像摄影师：© Keke Keukelaar

前 言

　　我第一次读到韩少功的作品是在20世纪90年代初，那时我还只是个本科生。我被他独特的声音所触动。我相信，他在20世纪80年代中期成名的中国小说家中出类拔萃。无论在中国还是在西方的汉学研究中，韩少功都被称为"运动"的"领导者"，这一"运动"宣扬"民族主义"的寻求、"中国文化之根"与"回归"传统。人们大多关注韩少功作品中丰富的文化题材、民间传说和地域信仰，而对笔者来说，作为文本承载者的个人化的、当代的、轻快而具讽刺性的叙事声音比这些内容更为引人注目。这一声音很难归属于这一集体性流派的所谓代言人。这一流派据称"向内转""远离西方现代主义""回到过去并沉潜到本土文化土壤中"。笔者逐渐发现，尝试调整这一单向度的韩少功形象不仅是对笔者本科阶段预感的合理辩护，更是一个具有重要价值的研究课题，承载着所谓"寻根文学"意义以及中国当代文学的传统与现代性等更普遍问题的内在意涵。

　　在20世纪中国文学中，传统和现代的关系一直是一个重要议题，正如19世纪中叶以来在知识和政治观念中通常所表现的那样。在1840—1842年的鸦片战争这个象征性转折点上，中国被迫打开国门，进入现代化的世界，中国传统遭遇了西方现代性的巨大挑战。随后，特别是自1919年五四运动以来，传统和现代之间的冲突往往被视为中西方文化的对立，现代的和传统的难以兼容。

　　自1917年文学革命以来，这一问题在文学领域愈加凸显。在形式方面，短时期内大量外国文学思潮被引入中国。这涉及文学思潮（如现实主义）、文学形式（如自由诗）以及以白话对文言的替换为发端的语言观念的变革。在主题和内容方面，许多作家选择描写和评论中国的困境，将文学看作国家解放、强盛的工具。而与日本的战争，进一步提高了这种政治上的参与度。

1949年以后，在中国大陆，毛泽东思想就西方现代性与中国传统之间的问题提出了自己的解决方案。而在中国台湾，自20世纪60年代开始，现代派与本土主义运动并置，前者寻求中西文学形式的结合，后者则将本土乡土传统与现代城市文化进行对比。20世纪80年代中期，无论在形式上还是主题层面，寻根文学潮流明显引起了人们对本土特性与外国影响、传统与现代等问题的关注。

寻根潮流始于一场理论性辩论，得名于常被称作其宣言的韩少功1985年的文章《文学的"根"》。在学术研究中，这一理论层面往往遮蔽了实际文学实践的重要性。寻根很大程度上被视为有关中国文化实际状况的知识话语，它是当时更为广泛的"文化热"的一部分，有关的文学作品主要是根据与此潮流相关的作家撰写的文章来解读的。本书研究的目的是对理论与实践进行比较，强调的不仅是对应，更重要的是两者之间的差异，并通过对韩少功全部作品展开细致的文本分析以给出客观公正的评价。

从某种程度上说，目前为止，对寻根文学的处理反映了中国现代小说研究的主流实践，即以内容为导向，将文学作为有关中国的社会政治文献。这可能部分是因为中国作家的社会参与。但它也标志着社会政治动机在文学研究中继续占据主导地位。文学研究近年来被纳入更广泛的"文化研究"范畴，从而强化了这一趋势。在"文化研究"范式中，形式分析（如果有的话）往往沦为社会政治解读的证据。本研究提出了一种形式或内部的研究方法，这与韦勒克和沃伦早期的方法依旧有区别意义。它以文学作品的内在结构为出发点，帮助平衡了由外在方法提供的研究，补充并修正了一些结论。

在第一章，通过对寻根论争、寻根作品以及韩少功的贡献的深入研究可知，我们对寻根文学的理解并不像前面提到的那么狭隘。接下来的三章专门讨论韩少功的小说。第二章讨论了他1985—1986年创作突破时的三个最著名文本：《归去来》《爸爸爸》和《女女女》。文本分析表明，若在阅读时不仅仅考虑寻根辩论，就会发现它们是由其他更大的主题所统摄的。在第三章，这些文本与韩少功1985—1995年间的其他短篇小说和中篇小说一起被探讨，它们表现出相似的主题，从而给韩少功一直以来的关注点以更清晰的轮廓，这也进一步强化了第二章的主张。第四章重点介绍韩少功1996年出版的第一部长篇小说《马桥词典》，可以说它是韩少功写作的暂时性成果。第三章和第四章还提出了基于内部研究方法的寻根文学的新定义。在第五章，通过与其他寻根思潮作家（阿城、莫言、张承志、贾平凹等）的作品进行比较，将韩少功作品观念化，并将文学实践与第一章讨论的寻根理论展开比较分析。

理想情况下，外部和内部的研究方法相辅相成。然而，在后毛泽东时代的小说中，占主导地位的外部研究方法给文本导向的个人作品研究留下的空间较小。因此，这种倾向限制了涉及多个作者的主题组织研究，在这些研究中，论据往往基于小范围的文本选择，且缺少实质性的内在证据。因此，希望本书有助于恢复研究取向上的平衡。

❖ 韩少功生平

  韩少功，1953年出生于湖南长沙，响应毛泽东青年再教育运动主动下乡，1968—1974年一直在湖南东北部农村当下乡知青。之后，在湖南师范学院学习中文。20世纪70年代末，他的小说和散文开始出版，并于1985年在全国范围内声名鹊起。1988年，举家搬迁至海南岛，在那里创办了一家维系不久的杂志《海南纪实》，后来成为《天涯》杂志社社长。从1995年到2000年，担任海南省作家协会主席，随后担任海南省文联主席。除了小说和散文，他还翻译出版了米兰·昆德拉的《生命中不能承受之轻》、费尔南多·佩索阿的《惶然录》。1996年出版的小说《马桥词典》获上海中长篇小说大奖。他的作品已被翻译成日语、韩语、俄语、德语、意大利语、荷兰语、法语和英语。2002年，为表彰他为中法文化交流所做的贡献，法国文化部授予他"法兰西骑士勋章"。当前，他在海口和湖南农村交替居住，农村居住地靠近他当年下乡的地方。

目 录

第一章　寻根：传统与创新 ……………………………………（1）

第二章　相对性：《归去来》《爸爸爸》《女女女》 ……………（41）

第三章　这个世界及其颠倒：短篇小说和中篇小说
　　　　（1985—1995 年） ……………………………………（77）

第四章　词与物：《马桥词典》 …………………………………（125）

第五章　寻根：内容和形式 ………………………………………（149）

结　语 ………………………………………………………………（168）

致　谢 ………………………………………………………………（169）

译后记 ………………………………………………………………（170）

第一章　寻根：传统与创新

在20世纪80年代，韩少功作为作家广为人知显然与"寻根文学"潮流有关，更具体地说，他是所谓的"寻根宣言"的作者。考察韩少功在寻根文学中的实际角色，这项研究将被证明比我们通常想象的要更复杂，这需要重新评估有关寻根小说的论争。

寻根文学在1985年至1988年间主导了中国当代小说的创作方向。在历时性总体观照中，它依循"伤痕文学"（20世纪70年代后期，以卢新华、刘心武等作家为主要代表，意在揭露"文化大革命"所造成的时代伤痕）以及随后的反思文学和改革文学（有高晓声、蒋子龙、张洁、谌容等作家，他们在20世纪80年代早期深入反思"文化大革命"，思考新社会改革）而来。1985年左右，寻根文学与以徐星、刘索拉、陈建功为主要代表的"现代派"❶或称"失落代"同时出现，后者描绘了年青一代的倦怠与厌世，而这可以被看作王朔"痞子文学"的前身。1987—1988年，在"先锋派"或称"实验派"出现之后，寻根文学或多或少失去了前进的动力。"先锋派"或"实验派"包括残雪、苏童、余华、格非等人，他们的作品具有颠覆（情节、时间、人物）、历史碎片化、极端暴力等后现代特征。

虽然有时被称为以宣言为指导的文学运动，但"寻根"也许更应该被视为一个在一段时间内作家全身心投入的普遍性主题，且它在20世纪80年代中期引起了文坛的激烈争论。这些作家主要的共同特点是他们都以某种方式强调自己的文化身份在创造性作品中的重要性。换言之，他们认为

---

❶ "现代主义者"（现代派）这个词有点令人困惑。在1985年左右取得突破的作家实际上是"年轻的"现代主义者，紧随80年代早期的"年长的"现代主义者，如王蒙（他受到了早期西方现代主义手法如意识流的影响）。大致说来，王蒙这一代人将创新的形式与相对没有争议的内容相结合，而刘索拉和徐星的作品则呈现出争议性的内容，但有着更传统的形式技巧。亦参见李欧梵：《技术政治：当代中国小说文学异议的视角》，金介甫：《毛泽东之后的中国文学与社会（1978—1981）》，剑桥、伦敦：哈佛大学出版社，1985年版。

中华民族或少数民族身份与中国文学的成功有关,甚至至关重要。

寻根文学最初是一个理论问题。它始于韩少功1985年初春发表的《文学的"根"》一文。这篇文章立即在众多文学杂志上引发了作家和评论家的连锁反应,这一直延续到1988年春天。尽管,如下文所述,这些作家贡献的是随意的笔记而非精心撰写的理论文章,并且几乎没有产生任何全面性的寻根诗学,不过他们依旧获得了普遍的关注。许多作家在各自的文章中明确地对韩少功倡导的如下中心问题表示同意:当代作家在发现自己切断了与文化传统之间的联系的同时,应如何革新与重建当下的中国文学呢?而通过呼吁文学复兴,寻根文学表达了对如下两种文学形态的不满:一是政治控制的或社会性参与的文学(即寻根之前的"伤痕文学"与"改革文学"),二是伪现代派。在寻根作家眼中,伪现代主义者正面临着肤浅地复制西方文学的危险。"寻根作家"不仅觉察到文坛对西方新形式技巧表层肤浅的关注,还指出了中国作家主要是依靠西方文学的中文翻译,并警告要抵制随之而来的误读风险。也就是说,他们呼吁独特的属于自身的中国创造力。

几乎所有寻根文学的"理论家"都提到,"五四"是他们文化背井离乡的主要原因,这一过程最终在"文化大革命"中达到高潮。他们反对五四作家,不仅因为五四作家激进地打破传统,倾向引进西方文学技巧,而且因为五四作家盛行的社会政治或道德参与,损害了他们的艺术成就。对"文化"的强调,也可以被看作是"政治"的替代品,或者反对"政治"的武器。此外,高行健和评论家李陀还特别提出了语言问题:高行健提倡一种"充满亚洲精神"的语言,而李陀则反对西化的五四语言和所谓的"毛文体"。❶ 因此,正如一些作家所说的,对"更强大的民族文学"的呼吁,与其说是基于民族主义动机,不如说是基于艺术或美学动机。

---

❶ 高行健:《小说中的当代技术与民族性格》,吴茂生译,《译丛》1983年第19-20号,第55-58页;李陀、张陵、王斌:《语言的反叛——近两年小说现象》,《文艺研究》1989年第2期,第75-80页;李陀:《现代汉语的新活力》,见文棣(Wendy Larson)、魏安娜(Anne Wedell-Wedellsborg)编:《翻转:中国文学文化中的现代主义和后现代主义》,奥胡斯:奥胡斯大学出版社,1993年版,第65-77页。

大多数寻根文学的作家认为，这些文学根源可以在乡村找到——在作家自己的家乡，或在生活在那里的多种多样的少数民族文化中。这些作家转向农村寻找灵感也许并不令人惊讶，因为他们几乎都是在20世纪六七十年代作为知青被送到农村的，实际上他们的大部分成长时期都是在农村度过的。在他们看来，现代文化（西方化的与中国革命的，已流行于城市）、儒家文化或占主导地位的汉族文化的影响都是同质化的，但边缘地区的边缘文化直至今天都能保持自身的独特性。

寻根文学因其题材常被等同于或作为中国20世纪"乡土文学"的一个分支。例如，丁帆认为，寻根可以被称为"乡土小说"的另一种方式，可译为"local novel"。这些内容在他后来的《中国乡土小说史》中占据了一个单独的章节。❶ 然而，除了从农村获取材料或灵感外，乡土文学的其他特征，如民国时期的怀旧情怀，以及20世纪六七十年代台湾乡土文学的意识形态性质，都不能称为寻根文学的主要动机。沈从文的乡土小说是个例外，这一思潮的许多作家都与沈从文的现代审美主体性密切相关。❷

虽然韩少功的文章可能确实引发了寻根文学，但是他在文中也提到了他认为标志其起源的更早的作品。这些小说作品都有其渊源：贾平凹的一系列短篇小说《商州初录》（1982）和阿城的中篇小说《棋王》（1984）。随后，这些小说连同韩少功自己的作品和莫言闻名海外的小说《红高粱》（1987）一起被标榜为寻根文学的标准作品。张艺谋根据莫言小说拍成的同名电影（1988），以及陈凯歌拍摄的《黄土地》（1984）和《孩子王》（1987）（根据阿城小说拍摄），代表着这段时期电影的一种寻根趋势。而根据具有代表性的"寻根作家"张承志和郑义的小说拍摄的《盗马贼》（田壮壮导演，1986）和《老井》（吴天明导演，1987）等电影则代表着这一趋势的加深。有趣的是，早在1982年左右就有寻根诗歌的先例，当时

---

❶ 丁帆：《中国乡土小说史论》，江苏文艺出版社，1992年版，第184—207页。从丁帆的定义来看，他的英文翻译"乡土小说"可以用更常用的术语"地域小说"来代替。参见第五章。

❷ 笔者不同意雷金庆（Kam Louie）的观点，他说受过教育的年轻人对他们被送去的乡村有一种乡愁，类似于在乡土文学中表达的乡愁，他们对中国文化的兴趣源于这种个人的乡愁。参见雷金庆：《知青文学：中国乡村的自我发现》，雷金庆：《在事实与虚构之间：后毛泽东时代中国文学与社会论集》，百老汇：芍药出版社，1989年版，第91—102页。

杨炼和欧阳江河发表的一些作品就运用了中国历史、神话和传说中的意象。❶

寻根文学被批判为对外国影响怀有敌意,并"向内"转向自己的文化。此外,评论家不赞成它"倒退"到传统,甚至美化传统,而忽视了现代性和进步的问题。赵毅衡说:"寻根是对文学应该帮助解决的社会问题的一种逃避"。❷ 相反,其他评论家则强调了这一趋势的开放性:它从现代的角度看待中国文化,吸收西方文化作为参照,从而更好地理解自己的文化。他们也同意一些参与其中的作家的观点,即只有扎根于本民族土壤的文学才能进入世界文学的舞台。

对文化的关注可以被看作是 20 世纪 80 年代中期社会政治领域中关于文化的更大争论的一部分,该时期也被称为"文化热"时期。对于寻根文学的作用,学者们众说纷纭。王静认为,寻根文学在政治上是安全的,因为它的主要内容是"中国"。对于既有体制而言,在"体和用"古老观念的精神中,只要中国本质上原封不动,现代技术就可以从国外进口。❸ 政府甚至将寻根文学推广为世界文化市场的商品,"将自己的话语全球化"。另一些人则认为,寻根文学是官方民族主义兴起的另一种选择。

事实上,多数学术研究最关注寻根文学的文化或政治方面,这不仅是作家本身提出的结果,也是学者兴致在于内容和非文学元素而非形式和美学。许多人把寻根文学看作文化探索的"载体",而不是把文化探索看作创造文学的手段抑或文学创作的灵感源泉,这有助于对国家或自我的"新

---

❶ 奚密(Michelle Yeh):《点亮岩石中的一盏灯:当代中国的实验诗歌》,《近代中国》第十八卷第四期(1992 年 10 月),第 379—409 页。

❷ 赵毅衡:《导语:中国近期小说的新浪潮》,赵毅衡编:《迷舟:中国先锋小说》,伦敦:Wellsweep 出版社,1993 年版,第 9—18 页。

❸ 王静:《文化热:邓小平中国的政治、美学与意识形态》,伯克利:加利福尼亚大学出版社,1996 年版,第 146 页;文棣(Wendy Larson):《后毛泽东时代的文学现代主义与民族主义》,文棣、安妮·韦德尔-韦德尔斯堡(Anne Wedell-Wedellsborg)编:《由内而外:中国文学文化中的现代主义与后现代主义》,奥胡斯:奥胡斯大学出版社,1993 年版,第 183 页。"体用"一词在文学评论家李陀的公式中找到了一个现代版本:"洋为中用"("外国的[方法]为中国人所用。"王静引用李陀的话)。

理解"。❶ 有些人阅读它似乎只是为了了解它可能包含的关于中国文化传统在中国现代化中所起作用的知识分子观点。在这个过程中，他们很可能在文学与现实之间建立起未经证实或无法证实的联系，以中国的历史现实或作者的个人经历（如"文革"期间的苦难）来解释小说作品的某些方面。其他人似乎只是为了获取有关中国社会现实的信息而阅读这些内容。雷金庆评论郑万隆的短篇小说集《异乡异闻》道："无论这些故事的文学价值如何，它们都包含了关于中国不同民族群体之间关系的大量信息，以及男性气质和女性气质的中国观念。"❷ 罗多弼对高行健的小说《灵山》也有类似的评论："……它向历史学家和社会人类学家提供了关于汉族和各种各样少数民族习俗和传统的丰富信息。"❸

  李欧梵是专注于寻根文学美学方面的少数学者，据他介绍，20 世纪 80 年代的现代主义流派和寻根派都挑战"把悠久的文学传统作为社会良知和政治行动（或合法化）的工具"，作家"倾向将他们的文学作为一种自己艺术的个人形式"。李欧梵还提到"一个更大的兴趣在于语言而不是小说的外在'主题'"。❹ 陈平原认为，虽然从表面上可以看出寻根辩论是在现代主义辩论之后进行的，但是现代主义和寻根本质上是志同道合的，只是腔调不同。❺ 李陀回应李欧梵和陈平原的观点指出，寻根文学和先锋文学可能表面上看起来似乎是"相对"的，但是实际上应该被看作是一种"互补"的趋向，韩少功的作品就是这样，例如，"被誉为'寻根'文学的代

---

❶ 孔海立（Haili Kong）：《端木蕻良与莫言虚构世界中的"母语土壤"精神》，《中国信息》十四卷，第 4 号（1997 年春季），第 59 页。

❷ 雷金庆（Kam Louie）：《前言》，雷金庆编：《〈异乡异闻〉：郑万隆小说选》，伊萨卡：康奈尔大学出版社，1993 年版，第 1 页。

❸ 罗多弼（Torbjörn Lodén）：《中国特色的世界文学：论高行健的小说》，《斯德哥尔摩东亚研究杂志》1993 年第 4 期，第 17 页。

❹ 李欧梵：《超越现实主义：对中国当代文学现代主义实验的思考》，葛浩文编：《分离的世界：近期中国文学写作及读者》，艾蒙克：夏普出版社，1990 年版，第 71 页。

❺ 陈平原：《文化·寻根·语码》，《读书》1986 年第 1 期，第 42 页。

表作品实际上也是典型的先锋文学作品。"❶ 王德威进一步说："一些'寻根文学'作家也被归为八十年代先锋文学的代表作家并不奇怪,例如莫言和韩少功。"❷ 的确,由于其审美抱负,文学寻根也导致了其对文化身份问题微妙、复杂甚至矛盾的态度。

论 争

为了确定韩少功在寻根论辩中的地位,我们将首先仔细考察相关作家的文章,然后再讨论韩少功在论辩中以及之后的贡献。

寻根文学通常被认为是1984年至1989年间因会议和文章讨论而开展的一场运动。寻根文学的起源大致可以追溯到1984年在杭州的一次会议,随之韩少功的一篇文章在文学杂志上引发其他一系列相关文章,但是没有强有力的证据支持这一观点。马汉茂强调"运动"一词,他声称1989年春天在香港举行的一次会议"标志着当时对这场运动广泛的、国际性的关注"❸。然而,没有一个会议在议程上明确或专门地关注寻根文学(更不用说在其标题上)。据会议参与者李庆西介绍,讨论"并没有专注'文化寻根'",❹ 而且,2000年时,韩少功甚至难以忆起在杭州或香港的会议上讨论过寻根文学之类的话题(寻根只是偶然的主题)。❺ 因此,韩少功反对把寻根文学归为任何一类运动。1986年,韩少功说过,他不愿意把寻根文学

---

❶ 李陀:《中国当代文学的"先锋"与"寻根"》,刘绍铭、马汉茂(Helmut Martin)编:《世界中文小说选》,台北:时报出版社,1987年版,第260-261,265页。此外,评论家李庆西指出,这一时期的"新笔记小说",模仿(但又不同于)传统笔记形式,可以被视为"实验"作品,"是寻根派,也是先锋派"。见李庆西:《新笔记小说:寻根派也是先锋派》,《上海文学》1987年第1期。

❷ 王德威:《前言》,魏爱莲、王德威编:《从五四到六四》,剑桥、伦敦:哈佛大学出版社,1993年版,第2页。

❸ 马汉茂(Helmut Martin):《以三维作为表面:中国的作家,中国的知识分子》,马汉茂编《苦梦:中国作家自述》,波恩:Bouvier出版社,1993年版,第Ⅰ-ⅩⅩⅧ页。

❹ 李洁非、杨劼:《寻找的时代:新潮批评选粹》,北京:北京师范大学出版社,1992年版,第15页。

❺ 韩少功:《杭州会议前后》,《上海文学》2001年第2期,第59页。

称作一派而是把它称作一种意向。❶

此外，从其内容和形式来看，随后的文章可能不足以证明"运动"一词的合理性。即使算上与相关作家的公开访谈（也将在下文中讨论），作家在寻根理论中所占的份额也是有限的，其中大部分是由评论家和学者撰写的。这不仅意味着寻根文学主要是接受批评的产物——这或许是文学潮流的共同特征；也意味着，许多批评家把它说成一场以宣言为指导的运动，这一论断实际上只基于少数几篇文章，而且这些文章是随意写就的，并不是精雕细琢的论文。❷ 同样，在"文化热"时期，与其有成熟的理论或真正的寻根诗学，还不如说有一个无处不在的主题，激起人们热烈的讨论。

与上述许多学者以文化为基础的研究方法不同，本章建议在研究文本时，不要只专注于对中国文化的陈述或参考，而要努力遵循每一文本的内在逻辑。这样一来，作者对中国文化、历史或政治的评论很可能只是实际文学问题的一部分，有时甚至超越了严格意义上的文学问题。基于文化的研究往往更关注某位作家对道教的所作所为，而很少关注道教对某位特定作家的意义与影响。因此，相对于文化、哲学、社会或政治问题，人们对具体的文学问题关注较少。❸ 这些方法似乎集中在作者作为知识分子对中国文化的看法上，而我们的方法将集中在他如何从小说家的角度看待中国文化上。此外，如果考察这些作家对中国传统文化的了解，我们必然会发现，相对于创新性的见解，他们的作品更多地体现出简单化和常规化的特

---

❶ 韩少功、夏云：《答〈美洲华侨日报〉记者问》，《钟山》1987年第5期，第12页；韩少功、夏云：《坦诚而非传统的韩少功》，大卫·韦克菲尔德译，马汉茂编著：《现代中国作家的自我》，艾蒙克：夏普出版社，1992年版，第148页。

❷ 李陀和洛莫娃也提出了同样的观点［李陀：《中国当代文学的"先锋"与"寻根"》，刘绍铭、马汉茂（Helmut Martin）编：《世界中文小说选》，台北：时报出版社，1987年版，第263页。罗然（Olga Lomová）：《寻根：新近有关"根"的文学辩论所体现的对传统态度的改变》，在欧洲汉语研究协会第九届大会上发表的论文，《中国变革的观念与认知》，巴黎：法兰西学院，1994年版，第216页］。创作谈的多产可能是共产主义时期的遗风：当时，为自己的文学作品进行反政治辩护是必要的，但可能更像是后毛泽东时代的一种习惯。

❸ 胡志德（Huters）的研究是一个罕见的个案，他研究的是个体艺术家阿城受到道教或儒学等文化传统影响的具体文学方式。参见胡志德（Huters）：《论及许多事物：食物、国王和阿城的〈棋王〉中的民族传统》，《现代中国》第14卷第4期（1988年10月）。

征。就寻根论文而言，其随意性本身就使这类研究受挫。笔者的方法不太强调这些作家究竟从中国文化中获取了什么，而是重视中国文化在艺术中如何运作。笔者的兴趣并不在于挖掘揭露作品背后作者的意图，而是把作者看作读者或文学评论家。这些文本的本质在于，在它们中找不到寻根工作的蓝图。下面讨论的目的是了解作者对文学的看法，同时接受这些文章并没有提供一个全面的、包罗万象的诗学这一事实。

开　端

寻根文学始于1984年12月在杭州召开的一次会议，由《上海文学》杂志、杭州市文艺界联合会《西湖》杂志、浙江文艺出版社共同主办。据苏炜介绍，主办方已达成默契，不再邀请知名的老作家，而是有意为新一代作家和评论家搭建一个平台。❶ 出席会议的作家有：阿城、陈村、陈建功、韩少功、李杭育、李陀、李子云、鲁枢元、王安忆、郑万隆。评论家有：陈思和、陈杏芬、程德培、黄子平、季红真、李庆西、南帆、宋耀良、吴亮、许子东、周介人。❷ 这次会议也可以看作是那一时期政治自由扩大的结果。这就是1983年开始的清除精神污染运动。李欧梵写道："这是第一次'纯'文艺会议，参加者和会议计划大纲都没有隐藏任何的政治议程。"❸ 会议的标题见证了中国当代文学史上这个关键时刻："新文学：回首过去，展望未来。"

"寻根"一词本身在记录会议的任何材料中都无处可寻。❹ 但是，讨论

---

❶ 苏炜：《文学的寻根与话语的熔变：略论西方现代主义文学思潮对八十年代中国文学的影响》，陈奎德编：《中国大陆当代文化变迁（1978—1989）》，台北：桂冠图书，1991年版，第187页。

❷ 周介人：《文学探讨的当代意识背景》，周介人：《新尺度》，杭州：浙江文艺出版社，1989年版，第190－191页。

❸ 李欧梵：《文化危机》，安东尼·J. 凯恩（Anthony J. Kane）编：《中国简介》，博尔德：西景出版社，1990年版，第98页。

❹ 据笔者所知，杭州会议的内容有两篇已发表的报告：一篇是《上海文学》1985年第2期的编辑回顾，一篇是周介人在《新尺度》（浙江文艺出版社1989年版，第190－198页）一书中的论述。已故的周介人是当时《上海文学》的主编。

的内容确实包含了寻根概念的一些要素。有关寻根的概念在会后几个月发表的文章中形成。"寻根"特性的三个主要方面在讨论中表现突出：反思毛泽东时代流行的文学标准❶；对新写作的批判态度；强调本土传统的重要性。讨论集中在当代文学的当代性上，参与者一致认为这不是通过题材的选择来表达，而是通过人们对待它的思维方式和表达它的形式来表达。❷另外，强调文学的当代性并不意味着打破传统。首先，据会议的总结，小说的传统往往是简化的，但是它不是要么被接受要么被拒绝的铁板一块。其次，继承传统也正伴随着对传统的挑战。归根结底，像历史一样，传统不是过去的东西；现在的人也是其中的一部分。❸

在上述基础上，寻根文学的前提远不是现代中国文学之"感时忧国"，正如夏志清所理解的。❹另外，寻根似乎像现代主义文学一样意识到了形式和表现，这显然也是来源于杭州会议的另一个主题，即语言的重要性。对语言表达能力的怀疑暗示了与现实主义的决裂，其重要性不亚于现代主义学派或先锋派。会议最终的言论似乎确实把创造一个作家的"独立的艺术世界"放在了本土传统和外国影响、中国和西方的问题之前。当然，与会者认为，这种独立创造力是中国文学"走向世界"的一个条件。然而，归根结底他们将对中国文学未来的关心比作"寻找幸福"，而"寻找本身已经意味着幸福"。下面我们将看到，最后这句纯真的话很适用于寻根：寻找也许比根源更重要。

这类作品在1985年春天开始出现，由韩少功《文学的"根"》拉开序

---

❶ 周介人：《文学探讨的当代意识背景》，周介人：《新尺度》，杭州：浙江文艺出版社，1989年版，第195－196页。

❷ 周介人：《青年作家与青年评论家对话 共同讨论文学新课题》，《上海文学》1985年第2期，第80页。

❸ 周介人：《文学探讨的当代意识背景》，周介人：《新尺度》，杭州：浙江文艺出版社，1989年版，第193－194页。

❹ 夏志清在《中国现代小说史》的附录中称，1917年至1949年的现代阶段，与之前的传统阶段和之后的共产主义阶段的区别，在于"作品所表现的道义上的使命感，那种感时忧国的精神。当时的中国，正是国难方殷，企图自振而力不逮，同时旧社会留下来的种种不人道，也还没有改掉"。这一时期的作家都被这种爱国热情所点燃。参见夏志清：《中国的焦虑：中国现代文学的道德重担》，夏志清：《中国现代小说史》，纽黑文：耶鲁大学出版社，1971年版，第533－534页。

幕，虽然 1984 年（杭州会议之前）就有几篇涉及这一主题的文章出现。从 1985 年春季到 1986 年末至少发表了 50 篇文章，到 1989 年又发表了 20 篇。从那时起，这类文章变得越来越少而且具有追溯性。在一定程度上，文学杂志的编委会邀请作家和评论家参加论文研讨会，这对高数量的发表做出了贡献。特别活跃的杂志是 1985 年春季的《作家》和夏季的《文艺报》，1986 年初的《作家》和《光明日报》。

文化身份

如果杭州会议更多的是关于文学创作，而不是文化，那么随后的一些散文就侧重于文化身份。对待文化身份，他们不是一种积极的、赞美的或民族主义的态度，而是认为其是有问题的——当然，不同的作家以不同的方式、不同的程度看待它。

第一个例子是 1984 年初发表的李陀和乌热尔图之间的"创作通信"（时间为 1983 年年底）。这实际上是"寻根"一词的首次出现，比寻根口号的出现早一年。李陀作为"促进"寻根文学发展最重要的批评家之一，他就乌热尔图鄂温克民族身份之于写作的重要性发问。而李陀自己的民族身份则是黑龙江的达斡尔族。❶ 谈到自己的民族背景，李陀和乌热尔图都强调了部族生活的自然和原始性，把部族生活保留在主流（社会主义）文化的边缘，免于现代性的干扰，而且他们将情感和天真与理性和科学思想相对立。就其与文学的关系而言，值得注意的是，李陀认为乌热尔图对他们习俗、道德观、宗教信仰和民族心理的描写是真实的，而没有考虑到乌热尔图不可避免的主观性。重要的是，李陀声称乌热尔图的写作为那些想学习这个国家历史的人提供了良好的研究材料，即使乌热尔图并不是出于民族学的兴趣而写作，而是"理所当然"地以艺术的方式。显然，文学问题对于李陀和乌热尔图来说是次要的；首先是他们对地域文化本身的浪漫主义认同。此外，这种认同被认为是理所当然的，并且通过他们对真实表

---

❶ 李陀、乌热尔图：《创作通信》，《人民文学》1984 年第 3 期，第 121-127 页。

达的主张，艺术价值也被认为是理所当然的。李陀对这种未开发的、原始的生活的怀旧（他用了怀念这个词）——部落成员被描绘成勇敢善良的人——和对民族家园的怀旧是他对寻根这个词的基本理解，比韩少功用另一种方式表示它早了一年。

然而，在其他大多数散文中，作者关注更多的是一个人对文化的有问题的认同，而不是文化本身。重点在"寻求"——实际搜寻，而不是"根"，即它的文化客体。同时，他们在文化与文学之间建立了有意识的联系。郑万隆的文章《我的根》❶中指出"文学的任务就是表现人怎样创造自己"，他感兴趣的是少数民族"在创造物质的同时怎样创造了他们自己"。像乌热尔图一样，郑万隆写了他的少数民族——黑龙江的鄂伦春族，他描述了自然、原始性和鄂伦春猎人的英雄男子气概。然而，郑万隆更加意识到他的写作是基于童年记忆，因此是主观的。他不仅提醒人们注意他与族裔群体之间的主观人际关系，他也清楚地表明了身份是被创造、构建的。在另一篇文章中，他阐明了自己对这些原始性范畴的兴趣。他将"文化无意识"比作荣格的"集体无意识"原理：个体性根源在人类的"文化岩层"中被发现。❷正如郑万隆的第一篇文章的题目"我的根"所暗示的，他对根的兴趣实际上更多的是出于个人或心理上的考虑，而不是文学上的。

还有几位作家将文化与作家的个人身份直接联系起来。例如，张承志公开表明自己是回族，他在更抽象的层面上表示："我们和我们的民族一起，背负着沉重的遗产和包袱前进，若否认它们就等于否认青春、岁月和我们自己。"❸ 有趣的是，张承志题为《我的桥》的文章写于1982年12月，因此早于寻根辩论，这有点类似李陀和乌热尔图之间的"通信"。李杭育也发表了一个类似的声明：没有民族意识，就无法当一个作家。❹ 张承志

---

❶ 郑万隆：《我的根》，《上海文学》1985年第5期，第44—46页。
❷ 郑万隆：《中国文学要走向世界——从植根于"文化岩层"谈起》，《作家》1986年第1期，第70页。
❸ 张承志：《我的桥》，《十月》1983年第3期。
❹ 李杭育：《"文化"的尴尬》，《文学评论》1986年第2期，第53页。

和李杭育将自己的民族文化置于个人发展和成长成熟的框架下，李杭育甚至将文化遗产比作父母遗传，两者共同构成了他的品性。至于与文化或文学创作之间更直接的联系，这些作家和其他作家大多只提供一些模糊的表述，如"世界上那些大作家，中国的也在内，没有哪一个是缺乏他的民族意识和天赋个性的……大作家全都是他那个民族的精神上的代表"❶或"一切好的作家是能够超越地域文化差异的。但地域环境与人的性格、作品风格还是有关系的"❷。这种泛泛的评论很难反驳，在判断文化和文学之间的联系时也几乎毫无用处。事实上，关于文化的讨论往往会从内在的文学事件转向更广泛的社会和政治讨论。1988 年，李锐说，作为"生在中国长在中国的中国作家，只能写中国人，中国人的处境也是人的一种"。他补充说，他"放弃了一直确信无疑的种种文化决定论的观念"，他认为这是时代精神的产物，他指的是 1985 年至 1986 年知识分子圈的"文化热"。❸ 韩少功还认为，他那次关于文化的言论引发了如此广泛的争论，这是由于整个学术氛围的影响。❹

文化与政治

如上所述，一般来说，作家对文化的强调可以用两种方式来解释：就第一点而言，这些作家认为他们的文化背景不再能说明问题，或者他们可能正在失去这种文化背景，这可能是因为在 20 世纪 70 年代末，中国进入了现代世界舞台，导致了文化的撕裂。这就是为什么汪曾祺在回顾 1989 年的寻根论争时，提到寻根文学不是对传统和文化的美化，而是突然意识到传统和文化的重要性。❺ 在寻根的全盛时期，郑义、阿城、韩少功等人都

---

❶ 李杭育：《"文化"的尴尬》，《文学评论》1986 年第 2 期，第 53 页。
❷ 贾平凹、张英：《地域文化与创作：继承和创新——关于中国当代文学创作的谈话》，《作家》1996 年第 7 期，第 4 页。
❸ 李锐：《〈厚土〉自语》，《上海文学》1988 年第 10 期，第 68 页。
❹ 个人访谈，布雷达（荷兰），1996 年。
❺ 汪曾祺：《序》，李陀编：《中国寻根小说选》，香港：三联书店，1993 年版，第 1－2 页。汪曾祺的这篇序言落款时间为 1989 年 1 月 13 日。

注意到了这种断裂，他们实际上都把五四时期和"文化大革命"列为断裂点，郑义还加上了"大跃进"。❶ 在他们看来，五四运动不是对传统文化的批判，而是对传统文化的破坏，郑义认为，新一代作家应该跨越这一断裂。❷ 阿城主要指责"文化大革命"：五四运动试图用西方文化取代中国文化，而"文化大革命"想用"阶级文化"取代民族文化，这对于他来说是更有害的。❸ 1989 年，汪曾祺认为，真正的文化鸿沟不是"五四"，而是"20 世纪 40 年代"，即把传统文化等同于封建文化，这就是文化上的"断裂"。❹

就寻根的政治层面而言，1985 年，郑万隆说，写少数民族是一种安全的、隐喻性的暗示个体特性的方式，因为这样的人仍然遵循着中国作为一个民族国家包容着多种多样的少数民族这一官方话语。然而，对于郑万隆和其他像韩少功这样的作家而言，这些区域文化实际上象征性地代表着"多样性对统一性的抵抗"。1986 年，郑万隆更公开地表示，具有"文化自觉"的寻根文学是对极"左"思想的"文化虚无主义"及其阶级理论和经济学理论的批判。对"左派政治"的另一种批判则反映在古华对社会、生活、历史和文化的净化和理想化的抗议上。❺ 1989 年，汪曾祺就曾指出，我们谈论文化时，常常是从经济和政治的角度，而不是从文化遗产的角度。作家史铁生在 1994 年说得更直白一些。在 20 世纪 80 年代，他发现了"从把人看作社会存在到寻找人的文化根源的转变"，并声称文学不

---

❶ 郑义：《跨越文化断裂带》，《文艺报》1985 年 7 月 13 日。

❷ 同上。这种断裂感可以从郑义的论断中具体地看出来，他重读著名小说《远村》和《老井》，意识到它们"甚至没有足够的文化内涵"。他将自己对本国文化的缺乏了解归咎于低劣的教育。贾平凹也有类似的感受。

❸ 在阿城看来，五四运动试图用西方文化取代中国文化，这是毁灭性的，它所引入的现代文学的功利主义也是如此（参见阿城：《文化制约着人类》，《文艺报》1985 年 7 月 6 日）。此外，他认为"五四"误读了传统格言"文以载道"："文"指的是散文，而不是小说，认为小说只是一种消遣，但"五四"一代重估小说价值，把它变成"道"的载体（参见阿城：《闲话闲说——中国世俗与中国小说》，北京：作家出版社，1998 年版）。

❹ 参见叶玉玲（Catherine Vance Yeh）对五四运动与寻根关系的探讨（《1980 年代寻根文学：五四的双重负担》，米列娜等编：《文化资本的挪用：中国的五四工程》，剑桥、伦敦：哈佛大学出版社，2001 年版，第 229－256 页）。

❺ 古华：《从古老文化到文学的"根"》，《作家》1986 年第 2 期，第 76 页。

再仅仅"为四个现代化服务"。❶ 总而言之，这些作者似乎在强调文化，以表明不能把人或小说中的人物简化为政治思想和理想。

平凡的生活

在更仔细的审视下，与其说是整个文化，不如说是共同的风俗习惯和日常生活与政治背道而驰。与中心传统相反，农村不仅代表了一种另类的边缘文化传统，而且正如韩少功在其开创性的文章中所说的，它首先是寻根作家在其受教育的青年时期，认为或声称其发现的在城市中占主导地位的革命影响"未破坏"的正常生活。

此外，郑万隆在1986年写道，寻根的意义要在人的"文化心理结构"中追寻，由此产生了"现实日常生活"的"现在性的认识"的概念。这与李杭育构建的寻根的基本观念相似，即他在1985年写的"所察在政事日用，所务在工商耕稼"的"国民常心"。评论家李庆西认为，这是一种对"世俗化"或"平凡生活"价值的回归，他认为寻根实际上是一种对"事物本身"的"文化回归"。❷ 阿城在1997年出版的《闲谈闲话——中国世俗与中国小说》中直截了当地说，如果说寻根文学打开了一扇门，那它就是打开了世俗之门。阿城说，汪曾祺在20世纪80年代初受到赏识的原因，是他的作品没有"工农兵腔"，年轻作家认为，这是受外国和民国时期文学的影响。❸ 此外，莫言和贾平凹也以汪曾祺为榜样，我们可以补充说，阿城的作品以一种风格和基调著称，让人回想起"1949年以前的文学"。

莫言和贾平凹也发表了类似的意见。就风格而言，贾平凹表示他"没有学过多少古典文化"，而且并没有从这类书籍中吸取语言营养，但他可以在民间发现文化。❹ 在主题层面，莫言说，在他的小说《红高粱》中，

---

❶ 梁丽芳：《朝阳：对中国失落一代作家的采访》，艾蒙克：夏普出版社，1994年版，第162−163页。

❷ 李庆西：《"寻根"：回到事物本身》，《文学评论》1988年第4期。

❸ 阿城：《闲话闲说——中国世俗与中国小说》，北京：作家出版社1997年版，第169、184页。

❹ 贾平凹、张英：《地域文化与创作：继承和创新——关于中国当代文学创作的谈话》，《作家》1996年第7期，第9页。

农民反抗日本侵略者的起义没有任何政治背景：他把臭名昭著的强奸场景写进书中，是为了给"缺乏民族主义意识"的普通百姓一个仇恨日本士兵的具体理由，从而削弱了社会主义现实主义文学的理想主义。❶ 汪曾祺的看法与阿城不谋而合。汪曾祺评论说，贾平凹的作品特别是商州系列，发现了"日常生活"而不是"秦汉文化"。他认为，风俗作为文化的一种表现形式，本身具有艺术价值，因此对风俗的描写不能仅仅作为民族学而不予考虑。除了这一未经证实的观点外，他的主要观点是，尽管"我们习惯于用阶级来谈论文化"，但实际上它"不仅仅是阶级"，即"人民的东西"。❷ 总之，也许看似无必然性的观点，如李杭育对乡村的偏爱，使他能够更好地书写"人缘"，或汪曾祺对寻根的辩护，称其不只是"深山老林"，而是将自然视为"人性"的一部分。所有这些，只有在如是政治背景下才有意义：这是一种间接驳斥"阶级"胜过"人性"，"意识形态"胜过"文化"的方式。

传统与现代性

这场寻根之争最重要的部分并不是一般意义上的"文化"，而是文学传统与现代性的问题，以及与之相关的中国特色与西方影响的问题，这与杭州会议的主题一致。我们已经看到，这些作家对传统的关注很容易导致对其不加批判的美化和对回归过去的主张的怀疑。然而，作家们也在有关传统的近现代视角上展现出了敏锐意识。1984年，贾平凹仍在宣扬"体用"的旧观念，称商州系列是现代进步与传统道德观念相结合的中国复兴。然而，古华避开了这些两分法的观念，说他们所寻找的根源实际上是古代文化的当代成果。❸ 郑万隆认为，中国传统的重生只能是现代进步的成果；新视野和现代意识不可或缺。它不能被认为是"回归和复古"，也

---

❶ 梁丽芳：《朝阳：对中国失落一代作家的采访》，艾蒙克：夏普出版社，1994年版，第150页。
❷ 汪曾祺：《序》，李陀编：《中国寻根小说选》，香港：三联书店，1993年版，第2页。
❸ 古华：《从古老文化到文学的"根"》，《作家》1986年第2期，第75页。

不能被认为是"逃避什么"。❶ 回顾过去，汪曾祺希望将寻根作家视为当代文学与传统文化之间的"调解者"，试图"融通新旧"。他们没有逃避现实，也没有脱离时代，他们的愿景是当今现实，在现实中，他们正如上面引用的，不是颂扬传统，而是获得了对传统的更新意识。❷

此外，这些作家当然不会对传统持不加批判的态度，因为他们几乎都在寻找一种与儒家文化相对立的非正统性传统。虽然他们对南方的、更有灵性的、与中心传统相对应的道教文化的偏爱是一直存在的，但他们的审美动机是真实的：他们认为边缘文化比主流文化更有利于艺术创造。例如，古华呼唤分辨好坏根源（优根、劣根），而作为后一种类型的儒家正统"束缚着我们的创造力"❸。李杭育认为，儒家思想"骨子里是反艺术的"，因为它的功利主义，强调"文以载道"和"诗无邪"。因此，李杭育呼吁探索非正统文化，如少数民族的文化。❹ 其他作家更注重个人创造力，而不是另类的传统。李锐评论说，他的目的并不是"重复"传统，而是通过个人创造，通过一个积极的、自觉的过程来"继承"传统。❺ 1997 年，阿城谈到他的中篇小说《棋王》受到了古典笔记、传奇、言情小说以及《儒林外史》《史记》等作品的影响。在他看来，正如先锋派所提倡的那样，简单地推翻旧的，争新的，并不一定会提高文学和艺术的质量。这是科学进步的实证定律不适用的地方。❻

---

❶ 郑万隆：《中国文学要走向世界——从植根于"文化岩层"谈起》，《作家》1986 年第 1 期，第 73 - 74 页。

❷ 贾平凹还强调，他不是"顽固地坚持旧信仰"，也不是"只是回顾过去"（贾平凹、张英：《地域文化与创作：继承和创新——关于中国当代文学创作的谈话》，《作家》1996 年第 7 期）。此外，李杭育的寻根小说和短篇小说都是设定在现在或从今天的角度叙述的，引用他的这句话也很有意义（梁丽芳：《朝阳：对中国失落一代作家的采访》，艾蒙克：夏普出版社，1994 年版，第 94 - 95 页）。

❸ 古华：《从古老文化到文学的"根"》，《作家》1986 年第 2 期，第 75 页。

❹ 李杭育：《理一理我们的"根"》，《作家》1985 年第 9 期。

❺ 李锐：《〈厚土〉自语》，《上海文学》1988 年第 10 期，第 69 - 70 页。

❻ 阿城：《闲话闲说——中国世俗与中国小说》，北京：作家出版社，1997 年版，第 178 页。

中国和西方

与传统问题一样,对西方影响问题的讨论也有足够的细微差别,足以驳斥寻根者"排外"的表面定性。❶ 在这里,作家的观点也不一定是原创的。而且,他们的西方文学的知识有限,排除了在内容上进行深入分析的可能性,更重要的是,他们的文章一开始就不是精雕细琢的。一方面,许多寻根作家承认西化是一个普遍的事实。正如李杭育所说,这是导致中国文化断裂的部分原因之一。他自己就是如此,"不清楚伏羲、女娲、盘古、黄帝的事迹,却通读了两卷希腊神话"。❷ 另一方面,东西方二分法被大大简化了:"西方"似乎代表理性主义、逻辑和科学思维,而"中国"似乎代表完全相反的东西:神秘主义(玄学)、想象力和对感觉或知觉的强调(感性)。李杭育补充举例说,西方对汉语的影响大大加强了语言思维的逻辑力量和表达的准确性、缜密性。现代汉语比较适合用作科学理性的描述了,但也容易把诗做白。❸ 尽管这些观点大多是模糊的,并将讨论从严格意义的文学问题上引开,但作家们对自己关于外国影响的总体立场提出了有趣的评论。"如何走自己的路?"1984 年,贾平凹回答说,中国当代文学已经是中西文化的混合体,全盘接受或全盘拒绝都不是"出路"。❹ 李杭育认为,地道或正宗的中国文学在晚清已经断流了,现代文学主要是以外国模式为主。❺ 郑万隆和古华的反应具有代表性:郑万隆说,只有通过与外国文化的交流,才能实现自身文化的价值;古华认为,寻根文学应该面对其他文化,避免被孤立的危险。❻ 他们的观点并不是对中国文化的绝望守

---

❶ 例如刘晓波的《危机!新时期文学面临危机》(《深圳青年报》1986 年 10 月 3 日)与《再论新时期文学面临危机——关于〈危机〉一文的几点补充》(《百家》1988 年第 1 期)。
❷ 李杭育:《"文化"的尴尬》,《文学评论》1986 年第 2 期,第 51 页。
❸ 同上。
❹ 贾平凹:《后记》,《腊月正月》,北京:十月文艺出版社,1985 年版,第 423 页。
❺ 李杭育:《"文化"的尴尬》,《文学评论》1986 年第 2 期,第 50 页。
❻ 郑万隆:《中国文学要走向世界——从植根于"文化岩层"谈起》,《作家》1986 年第 1 期,第 74 页;古华:《从古老文化到文学的"根"》,《作家》1986 年第 2 期,第 76 页。

护,而是一种批判的、自觉的影响态度。其他作家也正是表达了这种忧虑。阿城在他1985年的文章中表示"文化决定人",特别是通过语言。模仿以翻译为基础的西方语言(通常是仓促的,因此较差)是不太可能产生伟大的世界文学的。贾平凹后来补充说,阅读翻译本身就构成了了解外国文化的一个问题,"在当代中国,现代意识必须和中国传统文化相结合,找到它得以存在和发扬的民族之躯才能化为本民族意识的血肉,才能获得精神的价值。否则只能是无所依附的游魂"。❶乌热尔图在1984年几乎说过同样的话:他不想成为另一种文学的投影或影子。李杭育说他不想成为一个"假洋鬼子"或"复制品"的言论也与此呼应。❷李杭育总结说,目前的情况是另一个融合文化的机会,就像汉唐一样:我们不应该错过这样的机会,"理一理我们的'根'","也选一选人家的'枝'",而结果总是取决于"各人的本事"。❸

如前所述,对影响问题的处理是如此笼统,以至于严格意义上的文学几乎没有被考虑在内。这可以通过拉丁美洲魔幻现实主义的例子来说明。许多与寻根文学相关的作家,如韩少功、莫言、贾平凹、扎西达娃等人的作品,经常被作家、评论家和学者视为受到拉丁美洲魔幻现实主义的影响。尽管"魔幻现实主义"这一分类,在其对"魔幻事物以现实方式联系在一起"的根本定义中,本身是站得住脚的,但影响的问题是值得怀疑的。无论批评家还是作家,这种说法背后的原因似乎更多的是政治而非文学。1996年,贾平凹声称自己还没有看过诺贝尔奖得主加西亚·马尔克斯的《百年孤独》,但他承认,这本书的名气本身就对中国作家产生了深远的影响,这仅仅是因为拉丁美洲和中国面临着相似的困境:不仅在文化方面——当地传统民间文化与西方现代性的融合——而且提供了一个来自经济发展中国家的作家获得全

---

❶ 贾平凹、张英:《地域文化与创作:继承和创新——关于中国当代文学创作的谈话》,《作家》1996年第7期,第11页。
❷ 李杭育:《"文化"的尴尬》,《文学评论》1986年第2期,第53页。
❸ 李洁非、杨劼选编:《寻找的时代:新潮批评选粹》,北京:北京师范大学出版社,1992年版,第14页。

球认可的积极例子。❶ 批评家陈思和认为，这是一种间接的影响，不同意那些把当代中国文学的所有新现象都归因于外来影响的观点。❷ 陈村认为，在世界舞台上似乎只擅长足球的拉丁美洲国家已经证明，一个人的文化水平不能与一个人的收入水准相等同。❸ 莫言《红高粱》英译封面上的谭恩美的导语总结了这一观点，通过将莫言与马尔克斯和米兰·昆德拉进行比较，她认为中国作家可以将"第三世界作家"的异域魅力与"第二世界作家"的政治魅力结合起来，而内在的文学品质似乎不那么重要；无论在文体上还是在主题上，马尔克斯和昆德拉都没有什么共同之处。❹

那么，人们很可能会问，中国魔幻现实主义是否本质上不是源于本土，只是被外国魔幻现实主义的成功范例重新点燃了呢？毕竟，寻根主义反对的正是对外国文学的模仿，同时认为对外国文学的基本开放心态是卓有成效的。❺ 像韩少功和莫言这样的作家，也声称在寻根文学的鼎盛时期之后才读过马尔克斯的书，他们更喜欢提到中国丰富而悠久的超自然和奇

---

❶ 贾平凹、张英：《地域文化与创作：继承和创新——关于中国当代文学创作的谈话》，《作家》1996年第7期，第7-8页。

❷ 陈思和：《当代文学中的文化寻根意识》，《文学评论》1986年第6期，第26页。

❸ 陈村、王安忆：《关于〈小鲍庄〉的对话》，《上海文学》1985年第9期，第94页。

❹ 如果考虑到马尔克斯公开承认自己受到的影响有：卡夫卡、福克纳、海明威、索福克勒斯和他的祖母，那么影响的问题就变得更加复杂了。可以说马尔克斯复兴了西方传统，而不是拉丁美洲传统。在1977年的一次采访中，加西亚·马尔克斯讲述了他是如何得到一份由豪尔赫·路易斯·博尔赫斯（Jorge Luis Borges）翻译的卡夫卡的《变形记》（The transformation）："我对自己说，我不知道还有人可以写这样的东西。如果我早知道，我早就开始写作了。"他还说，卡夫卡的"声音"和他祖母的声音有相同的回声——"……我祖母过去就是这样讲故事，用一种完全自然的语调讲最疯狂的事情。"参见贝尔-维亚达：《马尔克斯、男人和他的工作》，教堂山：北卡罗来纳大学出版社，1990年版，第71页。

❺ 拉丁美洲的影响经常被认为是相当不加批判的。最近的一个例子可以在麦克杜格尔和路易的《二十世纪中国文学》中找到，其中有一段谈到20世纪80年代西方的影响："小说家模仿马尔克斯；诗人模仿雷内·查尔。"笔者认为这是一个有点讽刺的结论，但它仍然是一个有说服力的评论。参见杜博妮、雷金庆编：《二十世纪中国文学》，伦敦：赫斯特出版公司，1997年版，第335页。

幻故事传统：志怪和传奇。❶ 韩少功强调"这类写作并非拉美作家的专利"❷，莫言在谈"思想交流"时补充说，如果他不是第一个，中国也将会有属于自己的马尔克斯。❸ 在寻根文学与奇幻文学传统之间建立一种联系，具有多方面的启示意义。首先，六朝志怪早已被视为中国小说的源头。当然，这个观点受到了现代权威的质疑，他们反过来又指出了志怪的根源：（口头）民间故事、传说、笑话和当地信仰。不过，志怪发展为唐传奇才真正标志着小说写作从"社会实用和史学的传统限制"中"解放"出来，使之成为一种具有自身风格和优点的艺术。❹ 这显然符合寻根作家的基本关切，这一发展的另外两个方面也是如此。首先，除源于民间传统外，志怪还与道教和南方少数民族文化有进一步的联系；小说的"解放"伴随着强烈的反主流文化偏见，特别是南方作家，他们常常也是（业余的）民族志学家，甚至和当地族群有私交。其次，从更文学的角度来说，汉学家杜志豪（DeWoskin）谈到了通过这些边缘传统复兴或重新回归中国叙事传统的过程，这也是寻根理论的中心思想。❺ 在第三章中，我们将进一步研究中国和西方传统中奇幻文学的形式方面，并展示其与韩少功小说惊人的相似之处。

---

❶ 韩少功声称，直到他写完中篇小说《爸爸爸》，他才开始读马尔克斯的作品［参见迈克尔·S. 杜克：《重塑中国：当代中国小说中的文化探索》，《问题和研究》1989 年第 8 期（第 25 号），第 41 页］。关于《红高粱》，莫言也是这样说的（参见梁丽芳：《朝阳：对中国失落一代作家的采访》，艾蒙克：夏普出版社，1994 年版，第 150－151 页）。1984 年，马尔克斯获得诺贝尔奖两年后，《百年孤独》的中文版才在中国首次出版（北京十月文艺出版社），这一事实支持了上述说法。1982 年的台湾版很可能并未出现在 1984 年前的大陆。

❷ 施叔青：《鸟的传人——与湖南作家韩少功对谈》，韩少功：《谋杀》，台北：远景出版社实业公司，1989 年版，第 20 页。

❸ 梁丽芳：《朝阳：对中国失落一代作家的采访》，艾蒙克：夏普出版社，1994 年版，第 150－151 页。同样，评论家陈平原评说，即使没有拉丁美洲魔幻现实主义，寻根主义也会出现在中国（参见陈平原：《文化·寻根·语码》，《读书》1986 年第 1 期，第 42 页）。

❹ 杜志豪（DeWoskin）：《六朝志怪和小说的诞生》，浦安迪编：《中国叙事：批判性和理论意义》，普林斯顿：普林斯顿大学出版社，1977 年版，第 22－23 页。

❺ 杜志豪（DeWoskin）：《六朝志怪和小说的诞生》，浦安迪编：《中国叙事：批判性和理论意义》，普林斯顿：普林斯顿大学出版社，1977 年版，第 34－37 页。

什么是寻根文学?

考察了与争论相关的主要问题之后,最后一个可探讨的问题是:作者们是否对寻根文学在中国当代散文/小说中的地位做出了一个总体的评价?1986年,郑万隆和李杭育在讨论中说,寻根文学"还没有出现真正伟大的作品",而且它的"标准依然有限"。郑万隆补充说,就"文化意识"的生发而言,寻根文学可能只是当代文学的一个阶段。寻根高潮之后的几年,郑万隆驳斥了那些仅仅因为乡村环境越来越让位于城市的描绘,就宣告寻根文学已终结的批评。他认为,寻根是从不同层面进行的。汪曾祺也反对将寻根文学主题限制在农村的狭隘定义内。他把它看作是一种追求或一种愿望,而且也深信,寻根将继续下去,尽管可能不会在地域文化主题中表达出来。❶ 如上所述,李陀指出寻根文学和先锋派"互补"的趋势,正如汪曾祺所指出的那样,语言意识不仅是一种表达手段,而且是文学艺术的正式组成部分——通常被视为现代主义写作的特征,使先锋派有别于主流现实主义——也是寻根写作的一个重要方面。❷ 基于这股潮流的"理论",对其固守中国文化和传统的批评可能并不总是牵强;但在这些文论中,以及在他们的文学作品中(见第五章),许多作家对这些问题的看法比表面预期的更为微妙,超越了这些问题,进入了主体性和现代性的更深层次。评论家陈平原在1986年评论道,寻根文学虽然在理论上还不成熟,但它的创作成果是显著的,它的作者很有可能引领中国文学进入21世纪。❸ 寻根文学某种程度上确实能被视为中国当代文学发展的重要阶段。可以说,它通过强调文学的更广泛的文化层面,以提高其美学志向,从而将文学从狭隘的社会政治联系中转移出来,并通过对文化身份的探索以及

---

❶ 汪曾祺:《序》,李陀编:《中国寻根小说选》,香港:三联书店,1993年版,第5页。
❷ 李陀:《中国当代文学的"先锋"与"寻根"》,刘绍铭、马汉茂(Helmut Martin)编:《世界中文小说选》,台北:时报出版社,1987年版,第260–261,265页。阿城、韩少功等作家也持有同样的观点。
❸ 陈平原:《文化·寻根·语码》,《读书》1986年第1期,第42页。

随后对主观表达和语言的强调，为20世纪80年代后期和90年代的实验主义文学铺平了道路。

韩少功

韩少功常被誉为寻根文学的倡导者，至少是所谓的寻根宣言的作者（宣言指的是他1985年发表的文章《文学的"根"》）。韩少功自己一直否认他文章的地位，指出这只是许多文章中的一篇而已，并将其影响归因于时代精神，即时代的"文化热"让知识分子涉及这个主题。下面的讨论将通过追溯韩少功寻根文学观点的演变，以及与之相关的、更广泛的文学传统和创新主体，来平衡韩少功的片面形象，但这绝不是意欲对韩少功总体诗学作完整概述或鉴赏。韩少功是一位研究各种问题的多产散文家，其散文与小说之间特殊而暧昧的关系将在下文得到阐明。

文学的根

在寻根论争的全盛时期，韩少功关于传统和创新的观点可以在1985—1986年的几篇文章（包括《文学的"根"》）和几次采访（1986年、1987年和1989年）中找到。在20世纪90年代后期他才明确回顾这个话题，而他的看法也发生了一些变化。这可以通过查看他在此期间发表的相关主题的各种文章来理解。

1985年4月出版的《文学的"根"》，❶是基于韩少功以前的思考和1984年12月的杭州会议上的讨论写成的。❷ 本文的主题与会议的主题一致：中国文学与外国文学、中国传统关系的现状。在此可以把韩少功的主要论点归纳如下："文学之'根'应深植于民族传说文化的土壤里"，因为

---

❶ 韩少功：《文学的"根"》，《作家》1985年第4期。该文首次发表于《作家》（1985年第4期，第2-5页），后有一个简短《补记》（《作家》1985年第6期，第62页）。这篇文章后来被收录在韩少功的各种散文集中，但大多数出版物都省略了《补记》。

❷ 林伟平：《文学和人格——访作家韩少功》，《上海文学》1986年第11期，第72页。

如果把自己的传统切断，就不可能在一定程度上相互影响的东西方文化之间进行必要的富有成果的交流，就像19世纪的俄罗斯文学和20世纪的日本文学的情况一样（韩少功认为这可能是他们成功的关键）。但是，中国年轻作家要想寻到自己的"根"是有困难的。风险在于，文学交流将局限于形式技巧和主题等表层的东西。因此，除了这种文化间的"横移"外，还需要一种文化传统内的"交汇"。这种寻根"不是出于一种廉价的恋旧情绪和地方观念……而是一种对民族的重新认识"。

这篇文章前几页并没有明确指出中国传统文化断裂的原因，也没有说明平等文化交流的必要性。在文章中，韩少功只是在不同的地方简洁地提到了这些潜在的问题，主要强调了中国文化传统的本质。事实上，上面总结的论点也夹杂在韩少功热情的评论中，他从中国流行文化和少数民族文化中寻找与传统相联系的可能性。其实，在文章的开头几行，韩少功就讲述了他所发现的古老楚文化与湖南地区文化之间的联系，这是他在知青时期就了解的。他将自己的情况与贾平凹、李杭育、阿城、乌热尔图等作家的情况进行了比较，这些作家都在寻找自己地域文化的根源。只关注"文化"可能意味着背景——中西方社会政治和文学传统之间的关系——已经被视为现实，不需要进一步评论。

韩少功说，重要的是要认识到这些区域文化主要代表中国边缘的非正统文化，他将其比作正统文化"地壳"下的"岩浆"。纵观历史，正是这些民间文化给正统文化注入了新的活力，其中包括方言、笑话、民谣、传说、习俗等元素。韩少功所提及的宋朝流行戏曲和明清小说都是众所周知的例子，这的确是传统观点。韩少功在这些东西中也找到了楚辞的遗迹，后来他做了进一步阐述。

这种对传统的非整体理解也适用于外国传统。尽管韩少功比较注重本土传统，但是寻根并不意味着要把自己从其他文化中脱离出来，实际上其他文化正是外部参照的必要条件。然而，每个人都应该意识到"我们"的外国文学知识主要局限于国外正统观念。而且，由于缺乏足够的信息，中国作家只能假设边缘文化也在西方传统中发挥着作用。此外，中国作家只读这些主流的翻译作品，而且往往质量很差；复制这种表面的外来材料只会获得进一步稀释的萃取物。然而,这就是中国的现状。自"五四"以来,中国从西方吸收了很多东西,之后又走向封闭,导致了传统文化的被破坏。这一点可以从中国改革开放后流行的许多西方的东西上看出来。

韩少功对文化广泛评价背后的原因,仅在文章最后一页的几行文字中才得以揭示。"五四"的西化和国家被孤立打破了传统,造成了中国文化的真空,有可能被表面上的现代影响所填补。这篇文章之所以被普遍认为是"感时忧国"的一种表现,部分原因可能是韩少功对中国文化潜力的正面强调。韩少功说,许多西方文化名人,从笛卡尔到爱因斯坦,从博尔赫斯到毕加索,都曾目睹自己文化的衰落,都非常敬佩和尊重东方文化,例如道教和庄子。"万端变化中,中国还是中国,……我们有民族的自我。我们的责任是释放现代观念的热能,来重铸和镀亮这种自我。这是我们的安慰和希望。"然而,在这个令人尴尬而又响亮的民族主义诉求背后,整篇文章都有一种令人信服的反对肤浅的声音——不仅在处理外国文学影响方面,而且在上面引用的温和规劝中——不要再写紧迫的社会政治问题,而要深入人性中的更深层的文化层面。韩少功对肤浅的反对也存在于对传统概念的微妙看法中。下面我们将看到,这些都是韩少功散文作品中经久不衰的主题。

澄 清

针对《文学的"根"》引起的论争,韩少功在 1986 年 4 月发表的一篇文章中表明了自己的立场。❶ 直到那时,"根"这个词才变得重要起来。他一开始就说"根"这个词不太合适,因为它很容易与移民或流亡作家的寻根行为相混淆。这个混淆实际上是存在的:尽管韩少功在文中没有提及,但他的这个词经常与阿历克斯·哈利的小说《根:一个美国家族的历史》联系在一起。小说《根:一个美国家族的历史》于 1979 年首次以中文出版。❷ 这本书以及根据它改编的著名电视剧在中国确实很受欢迎。然而,正

---

❶ 韩少功:《寻找东方文化的思维和审美优势》,《文学月报》1986 年第 6 期。
❷ 阿历克斯·哈利:《根:一个美国家族的历史》,北京:生活·读书·新知三联书店,1979 年版。

如中文译本的封底所示，这种流行也专门针对移民问题："……有些中国人出国后，忘记了自己是中国人，可以说，他们忘记了自己的根。这本书是民族意识建设的活教材……"这种寻根主要是一个社会政治问题，而不是一个文学或艺术的问题。然而，不只一个批评家浅显地提到哈利的《根：一个美国家族的历史》是中国寻根文学的灵感来源。❶ 对于这个问题，韩少功1987年回答说他从来没有读过哈利的书，❷ 在另一个场合，他宣称他使用了"根"这个词，因为汉语中有"根"这个词，比如"寻根究底"。❸

因此，韩少功在1986年的文章中给出了寻根的新定义"寻找东方文化的思维和审美优势"，这也是文章的标题。韩少功就对西方文学的肤浅照搬和东方文化的复兴趋势重申了自己的观点。新颖之处在于，他对某些类型的批评表示反对：他认为，寻根不应导致重新拥护"新国粹主义"，而应重塑东方文化，并在此过程中寻找其优势。这一点的重要性体现在后来文章标题的变化上"东方的寻找和重造"。❹ 尽管有这样的修改，但这篇文章与《文学的"根"》一样，表达了对东方文化复兴的希望。韩少功在这篇文章中提出的有关东方文化优势的清单并非原创。从中国哲学到中国医学，集中于整体论、相对论和阴阳宇宙模式的中国概念，都与西方相对出现，就像19世纪下半叶以来许多中国思想家所做的那样；有关美学和文学的段落也遵循着相同的经典模式。他认为西方小说重情节、轻意绪，重物象、轻心态，重客观题材多样化、轻主观风格多样化。在他看来，中国现代小说复制了这些西方特征。最后这句话让人回想起他的《文学的"根"》，文章中他认为，自20世纪初以来中国传统文学已被外国影响打断。韩少功对这些中国传统文学术语的使用并非不准确，只是仍有一些简

---

❶ 如唐弢的《一思而行——关于寻根》（《人民日报》1986年4月30日）、杜博妮的《前言》（阿城《三王》，杜博妮译，伦敦：柯林斯·哈维尔出版社，1990年版，第7页）、Giafferri-Huang 的《1949年以来的中国小说》（巴黎：法国大学出版社，1991年版，第242页）。他们都没有引用任何来源。杜博妮称提及哈利是"不恰当的"，但她确实证实了这种联系。

❷ 施叔青：《鸟的传人——与湖南作家韩少功对谈》，韩少功：《谋杀》，台北：远景出版社实业公司，1989年版，第15页。

❸ 个人通信，巴黎，2000年3月。

❹ 1994年韩少功沿用了原来的名称，1998年又改了。两个版本的文本内容是相同的。

单化。

1984年9月，"寻根热"爆发之前，韩少功发表的一篇文章，对这个问题提出了更为微妙的看法。❶ 韩少功将物象、情节和客观等归为"中国传统小说"，他还特别提到民国和社会主义建设时期的主流小说，并将其与20世纪80年代的新文学进行对比。这样，国外的影响似乎已经完全融入了20世纪的中国小说之中。然而，韩少功认为，从物象到心态的近期转型，并不是"中国情节小说"受到"外国心理小说"影响的例子，而是世界进入信息社会的国际化进程的结果；换句话说，它也是本土化进程的一部分。韩少功在此将20世纪80年代中期的中国新文学置于世界文学的框架内，认为外来影响和本土化发展同样重要，这是典型的寻根思路。

寻根的原因

在1986年到1987年的三次访谈中，韩少功进一步阐述了自己的观点。❷ 这些访谈的内容大部分是重叠的，但将它们结合在一起时，可以提取出三个主题："寻根"的起源与原因、楚文化的意义、有关"寻根"意味着什么或不意味着什么的争论。

在韩少功寻根理念背后，是当时中国文学的现状。韩少功将这一状态总结为：早产。❸ 当时的中年作家深受19世纪俄罗斯作家的影响。因此，

---

❶ 韩少功：《信息社会与文学》，《韩少功散文》（上、下），北京：中国广播电视出版社，1998年版，第238-245页。

❷ 分别为林伟平《文学和人格——访作家韩少功》（《上海文学》1986年第11期）、韩少功与夏云《答〈美洲华侨日报〉记者问》（《钟山》1987年第5期））以及施叔青《鸟的传人——与湖南作家韩少功对谈》（见韩少功《谋杀》，台北：远景出版社实业公司，1989年版）。夏云的访谈最初发表在《美洲华侨日报》（1987年2月27日），后提名《文学的传统》以简略形式发表在《钟山》（1987年第5期）并收入《战争与游戏》（香港：牛津大学出版社（中国），1994年版）一书。原采访的英文译本出现在韩少功、夏云的《坦诚而非传统的韩少功》（大卫·韦克菲尔德译，马汉茂编著：《现代中国作家的自我》，艾蒙克：夏普出版社，1992年版，第147-155页）中。所有版本都有细微的差异。

❸ 参见林伟平《文学和人格——访作家韩少功》（《上海文学》1986年第11期）与韩少功、夏云的《坦诚而非传统的韩少功》（大卫·韦克菲尔德译，马汉茂编著：《现代中国作家的自我》，艾蒙克：夏普出版社，1992年版，第148页）。

不同的群体在一般风格上有所不同,老一代倾向现实主义,年青一代倾向现代主义,而且事实上年青一代比前辈们更少有机会去消化这种外来影响。中国在国际上长期被孤立的状态刚刚结束,其结果是许多作家只是肤浅地模仿外国作家和现代主义技巧,这在一定程度上源于对新奇事物的渴望和引进新事物的热情。例如,韩少功用这样一句话表达了王蒙的态度:"国内没有的,我就写。"❶ 然而,"任何复制品都不如原作",韩少功对此并不认同,而是支持"全球意识"和"寻根意识"的统一。❷ 在1985年的一篇文章中,韩少功阐明了早熟的概念,他将现代主义、全球意识、寻根意识、新文学理论或研究方法等文学概念放在科学和进步的更大背景下,所有这些都被他定性为早熟。❸ 值得注意的是,在其中一次采访中,他表示,尽管人们对中国传统热切关注,但"我们"对它的了解仍然不够,但由于寻根的口号已经提出,因此寻根的想法也同样为时过早。❹ 1997年,韩少功将20世纪80年代描述为一个弥补西方和中国文化资源的补课时期。❺

这种早熟与中国当代文学缺乏伟大、强烈的个性有着密切的联系。韩少功说,虽然人格在原则上可能不是文学问题,但对于他来说,人格代表了作家或任何艺术家的原始精神境界。中国知识分子的人格缺陷是造成现代中国许多问题和中国文化暗淡前景的主要原因。一方面,他认为当代伟大文学作品的缺失不应归咎于共产主义制度;中国作家不应局限于对表面伤痕的谴责,而应进行更深层次的反思。韩少功举了米兰·昆德拉的例子,昆德拉从普遍性和人性的角度分析了类似于中国的政治状况。❻ 另一

---

❶ 施叔青:《鸟的传人——与湖南作家韩少功对谈》,韩少功:《谋杀》,台北:远景出版社实业公司,1989年版,第16页。
❷ 参见林伟平的《文学和人格——访作家韩少功》(《上海文学》1986年第11期)与韩少功、夏云的《坦诚而非传统的韩少功》(大卫·韦克菲尔德译,马汉茂编著:《现代中国作家的自我》,艾蒙克:夏普出版社,1992年版,第149页)。
❸ 参见《科学地对待科学》(时间标注为1985年6月)一文,收入《韩少功散文》(上、下)(北京:中国广播电视出版社,1998年版)。
❹ 林伟平:《文学和人格——访作家韩少功》,《上海文学》1986年第11期。
❺ 韩少功:《韩少功散文》(下),北京:中国广播电视出版社,1998年版,第242页。
❻ 施叔青:《鸟的传人——与湖南作家韩少功对谈》,韩少功:《谋杀》,台北:远景出版社实业公司,1989年版,第28—29页。

方面，中国知识分子的弱点是喜欢追求新奇或追逐个人利益和名望，且往往为了获得后者而追逐前者。韩少功对强烈个性的诉求贯穿于他后来的散文中，而且通常与他对创造性的诉求有关。例如，在1994年的一篇散文中，他指出，中国并没有真正的"当代文化巨人"可以使自己成为世界上有文化影响力的东方强国，因为"五四"时期以来，中国主要有"鉴赏家"，"介绍""总结"和"整理"西方的知识，而没有"创造者"来"防止文化衰落"。❶

楚文化

可以预料，当时的访谈者会要求韩少功详细说明他对楚文化的兴趣。除了与今天的湖南在地理上的联系外，韩少功只指出楚文化是统治当代文学的政治和现代文化的一种替代。他没有详细介绍楚文化，主要强调楚文化仍然存活在农村，保存在少数民族文化（主要是湖南苗族）中。与城市中心不同，楚文化受革命和西化影响不大。从访谈中可以看出，对于韩少功而言，楚文化并非以地域主义或沙文主义的方式来代表一种反文化：他对楚文化感兴趣并非仅仅因为它是写作的"对象"或"材料"，而是它的"精神"代表了他作为作家所关注的艺术问题。❷ 韩少功驳斥了寻根文学沉迷于描绘乡土色彩的观念。在他的脑海里，寻根文学不同于地域文化小说，因为它旨在呈现地域文化精神，而不仅仅呈现它们的风味；只描绘当地习俗或其他文化特色是不够的。❸

韩少功对楚文化并不多说。他并不自称专家，甚至承认"我们"对楚文化的认识还处于初级阶段。❹ 此外，韩少功在对楚文化的认同上，不如说是对楚辞的认同，更不如说是对屈原的认同。屈原虽不是楚国人，但是

---

❶ 韩少功：《韩少功散文》（上），北京：中国广播电视出版社，1998年版，第186页。
❷ 施叔青：《鸟的传人——与湖南作家韩少功对谈》，韩少功：《谋杀》，台北：远景出版社实业公司，1989年版，第18页。
❸ 林伟平：《文学和人格——访作家韩少功》，《上海文学》1986年第11期。
❹ 同上。

韩少功受到其启发。在很多情况下，韩少功认为所谓楚文化与楚辞是可以互换的。在屈原的《离骚》《天问》和《九歌》中，韩少功发掘了这种文化的元素，将其描述为"神秘""绮丽""狂放""孤愤"。❶ 事实上，大多数的描述似乎更适用于屈原或任何外人对楚文化的看法，而不是楚文化本身。从这个角度出发，我们必须审视韩少功对楚文化的兴趣。韩少功将楚文化描述为中国西南地区和东南亚少数民族的文化，这些地区在古代军事上遭受了许多失败，被北方平原儒家文化排斥和歧视。在此之前，它已经成为一种非正统的、非标准的文化，即使在今天还没有被正典化或学者化，但主要保存在民间。❷ 楚文化是一种半原始文化，宗教、哲学、科学、艺术尚未完全分化，理性和本能融为一体。❸ 韩少功对楚文化的描述，与一般的、传统的描述相吻合：萨满主义和万物有灵论的文化。❹ 直觉或非理性的思想似乎是楚文化对韩少功的核心吸引力，尤其是他将之与楚文化中类似庄子思想的一般相对主义精神联系起来（他认为庄子思想是东方文化的典型组成部分）。❺

非理性概括了韩少功对楚文化的兴趣，实际上形成了他反对所有他认为的与艺术无关的因素的关键论点，并将其定性为理性主义：政治写作、新儒学、科学与进步。首先，他远离了自己早期机械、理性、逻辑的"服务于现代化"和"反映现实"的写作。❻ 在他后来的作品中，他将艺术不足之处归结为"过于理性"；其中大部分涉及社会讽刺。❼ 其次，他反对以儒家理性的事实逻辑对抗庄子艺术和寓言的模式。最后，他认为文学中的非理性或直觉思维可以成为与科学对立的补充。在科学和工业时代，直觉

---

❶ 韩少功、夏云：《答〈美洲华侨日报〉记者问》，《钟山》1987年第5期。
❷ 同上。
❸ 同上。
❹ 霍克思对楚辞英译的介绍和施耐德对屈原传说的研究。参见霍克思所译《楚辞》序言（大卫·霍克思：《楚辞》，牛津：克拉伦登出版社，1959年版）与施耐德（Schneider）（劳伦斯·A. 施耐德：《楚国狂人屈原与中国政治神话》，伯克利：加利福尼亚大学出版社，1980年版）。
❺ 施叔青：《鸟的传人——与湖南作家韩少功对谈》，韩少功：《谋杀》，台北：远景出版社实业公司，1989年版，第18—19页。
❻ 同上，第13页。
❼ 同上，第20、25页。韩少功主要指的是《爸爸爸》《老梦》《火宅》等作品。

思维已经被抛入潜意识的领域，只有在醉酒、做梦、精神错乱或年轻时才会出现。简而言之，就是在理性衰弱或失去控制的时候。古人意识到文学与酒、做梦、癫狂、孩童天真无邪之间有着密切的联系，而且，这也是现代艺术的核心，韩少功把这看作一种异化的反作用力。❶ 术语补充和反作用力非常重要。韩少功并不是简单地主张非理性主义，而是以一种相对的方式看待这一系列的对立面。他意识到南方文化被北方传统同化，❷ 在同一访谈中，他提到了道家和儒家传统的互补性。他声称在楚民族中发现了相对主义，但在他看来，相对主义与现代精神相通。❸

传统与相对性

从寻根之前到20世纪90年代，韩少功其他文学论文表明，他对传统的批判性观点以及从传统中获得的相对主义精神，似乎渗透到了他的许多看似不同的关注点中。

从韩少功对刘晓波尖锐批评寻根文学是一种倒退的、排外的运动的反应中，可以清楚地看出韩少功对传统的看法。❹ 韩少功反驳刘晓波的批评，认为他是要彻底抛弃中国传统，提倡全盘西化。韩少功指出，没有必要仅仅因为传统产生了一个阿Q（刘晓波的主要批判观点之一）就把中国文化作为一个整体来排斥，为什么要把庄子连同它一起扔掉呢？相反，研究庄子如何变成阿Q是值得去做的。这让他想到刘晓波的观点：中国文化是基于理性的，因此应该被抛弃。而韩少功反驳道，儒家可能确实是基于理性的，但是刘晓波忽略了道教和佛教。中国传统文化外在的是儒家思想，表现在治国方面；内在是道家思想，表现在道德修养方面。此外，韩少功还认为刘晓波没有将功利与审美标准区分开来，并对"进步""倒退"等术

---

❶ 韩少功、夏云：《答〈美洲华侨日报〉记者问》，《钟山》1987年第5期。
❷ 施叔青：《鸟的传人——与湖南作家韩少功对谈》，韩少功：《谋杀》，台北：远景出版社实业公司，1989年版，第19页。
❸ 韩少功、夏云：《答〈美洲华侨日报〉记者问》，《钟山》1987年第5期。
❹ 参见刘晓波的《危机！新时期文学面临危机》（《深圳青年报》1986年10月3日版）与《再论新时期文学面临危机——关于〈危机〉一文的几点补充》（《百家》1988年第1期）。

语是否适用于艺术提出质疑。韩少功总结说，刘晓波的观点只是借助偏激的观点来增强自己声音的响亮度而已，因此跟他不必过分认真。❶

　　寻根讨论之前，在1983年的一篇文章中韩少功已经展示了一些他对传统更微妙的看法。❷ 其中，他反对当代文学中的几种腔调，尤其是"洋腔"和"官腔"，而这都是因为当代文学受西方语言（新词和句法）和古典文本的影响。"腔"这个词意味着表面的模仿或不成熟的影响，韩少功把这归因于五四运动对白话文的推动和"文革"时期的官僚主义语言。❸ 相反，他呼吁采用一种更富创造性的方法，将一种不"脱离现实生活"的汉语融入其中，他在白话话本和章回小说等传统文学中发现了这一点。韩少功对中国文化传统的呼吁仅仅是不脱离现实生活的汉语如何成功融入文学写作传统的一个例子：他显然不想模仿传统小说的语言——不想要"古腔"——但是在对待传统时要求创新。

　　他对相对论、二元论和模棱两可的偏好在20世纪80年代早期就已经很明显了，那时还没有出现寻根论争，并且在接下来的几年里继续主导着他的大部分散文和虚构作品。在1982年早期的《文学创作的"二律背反"》中，❹ 他用康德的术语"二律背反"来解释两个真理命题的对立，即正题和反题完全对立但又不相互排斥的矛盾。他还引用了玻尔的互补性理论，根据该理论，没有绝对的真理，只有相对的真理，它总是有限的，依赖于具体的情况。这就构成了对社会现实主义的反思。与此同时，韩少功似乎主张在一般的艺术和文学问题上反对思想僵化。这篇文章的结论是：文学没有普遍有效的处方，当然指向那个方向。❺ 他1981年所写的《学步回顾》是这种态度的例证：在那个时期的一般文学辩论中，现实主义和现代主义往往是完全对立的，年轻的韩少功拒绝致力于一种风格。❻

---

❶ 韩少功、夏云：《答〈美洲华侨日报〉记者问》，《钟山》1987年第5期。
❷ 韩少功：《克服小说语言中的学生腔》，《北方文学》1983年第1期。
❸ 在《闲谈闲话——中国现代文学和世俗》中，阿城也批评了当代小说中的"腔"。
❹ 韩少功：《文学创作的"二律背反"》，《上海文学》1982年第11期。
❺ 此外，韩在1983年2月的一篇文章《从创作论到思想方法》中对这个问题做了进一步的阐述。见韩少功《夜行者梦语：韩少功随笔》（上海：知识出版社，1994年版）。
❻ 韩少功：《代跋：学步回顾》，《月兰：中短篇小说集》，广东：广东人民出版社，1981年版。

事实上，在整个20世纪80年代和90年代，韩少功在其众多与文学无关的文章中，对从语言到社会政治问题的各种主题都采取了类似的相对论方法。例如，他在一篇文章中对具有两种相反意义的词语的语言现象进行了分析，并对这种矛盾语言表示欣赏。他以《红楼梦》和《史记》中类似的词语为例证。韩少功认为，这些词只是生活的反映，因为语言是生活的产物，而不是文人的产物。当今世界已经被逻辑"过滤干净"，人们再也看不到矛盾的、似是而非的真理了。❶ 另一个例子是《性而上学的迷失》，❷ 它涉及了性和（社会角色）性别的问题，其中韩少功对相对和互补的典型感受表现在男和女、爱情和欲望、个人和社会的主题中。

就文学问题而言，韩少功在《在小说的后台》中对生活与文学、现实与文本之间的关系的讨论可以看出相对性。❸ 在书中，他还对自然和文化的互补性进行了类比，这表明韩少功的相对主义精神是如何引导他谈论"文化"的，而不仅仅是主导寻根辩论的地理或政治内涵。文章《心想》中写了理性与非理性思想在写作上的互补性，❹ 其中韩少功将中国用"心"想的思维方式与西方用"脑"想的思维方式进行比较，前者轻分析和科学而重情感。在这篇文章中，韩少功还提到了一个相关的中国传统观念：在哲学和艺术中，重要的不是书本知识或技术智慧，而是生活经验和"活法"。他把它描述为祖先智慧的典型特征，并以宋代词人吕本中为例。❺ "活法"或者说"生命的方法"，是宋代基于禅宗的文学术语，其主要特点是打破旧习，或反对固定的方式，推翻公认的传统，和使用悖论的语言。"悖论与矛盾"当然与韩少功的"二律背反"有关，也是其小说的重要组成部分。

---

❶ 韩少功：《即此即彼》，1992年10月著，首次出版名为《词的对义》。
❷ 韩少功：《韩少功散文》（下），北京：中国广播电视出版社，1998年版，第71-87页。
❸ 韩少功：《韩少功散文》（上），北京：中国广播电视出版社，1998年版，第262-268页。
❹ 同上，第21-40页。
❺ 韩少功：《夜行者梦语：韩少功随笔》，上海：知识出版社，1994年版，第42-51页。

2000 年的寻根

自 1986 年那次采访以来,韩少功不再直接回应他的寻根文章所引发的批评。从韩少功在 2000 年的一篇会议论文所做的分析中可以清楚地看出,一方面,他关于个人创造力的原初观点仍然存在,而另一方面,文化主义和民族主义的内容变得更加微妙。❶ 在对寻根的批评中,他看到了 20 世纪人们对新奇事物的迷恋。对于许多读者和作家来说,"新"似乎已经成为衡量文学质量的标准。因此,寻根文学对传统的重视受到了"左"翼马克思主义批评家和"右"翼改革派知识分子的批判。前者否定传统,因为它代表了必须反对的封建主义,他们希望光明的社会主义未来。后者想废除中国文化,提倡西方化,因为他们深信技术和经济的进步才能促进中国的发展。因此,寻根文学被视为反现代、保守和民族主义的文学形态。

然而,喧嚣的 80 年代过去这么多年,中国文学可能已经从现实主义走向了现代主义和后现代主义,但韩少功仍然没有看到与传统的彻底决裂。依上述批评家的观点,无论新旧、现代还是传统,都从根本上并列在一起,而韩少功认为这些观念是相对交织在一起的。传统的意识已经暗示了一个现代的观点:当前的"传统创造"理论证实了这一点。在韩少功看来,这正是当代作家如汪曾祺、贾平凹、张炜、李锐和莫言所做的。这就是为什么在韩少功看来传统不能恢复,只能重生。无论传统的还是现代的,只要它是创造性的标志,而不仅仅是机械的输入,那么它就是好的。

然而,韩少功并不认为"旧"或"新"是文学价值的标准。他也不把"旧"和"新"的对立等同于"中国"和"西方"的对立,把时间问题看作空间问题。由于文化的融合已经持续了很久,所有的本土文化都不再像"国粹"支持者所想的那样纯粹,这在韩少功早期的一篇文章中有所暗示。❷ 纵观历史,中国文化一直受到了外国文化的影响。例如,中国佛教

---

❶ 韩少功:《文学传统的现代再生》,《韩少功文库》,济南:山东文艺出版社,2001 年版。
❷ 韩少功:《批评者的"本土"》,《上海文学》1997 年第 1 期。

起源于印度，阿拉伯数字是西方代数的基础。与20世纪80年代中期的文章相反，韩少功现在认为，这些文化特质自然而然地会渗透在作家的作品中。作家不必审视自己的文化地位，也不必挖掘历史，因为他的本土文化已经成为他现在生活的一部分，他性格的一部分。❶ 更重要的是，韩少功认为作家既不是传统文化或现代文化素材的收藏家，也不是中国或西方文化素材的展出者。这一结论可以追溯到1997年的一次访谈。韩少功说："创造者总是有个性的，一个人会有一个人的个性，一个民族会有一个民族的个性，但创造者不会排外，总是善于学习和吸纳，他们的个性是在对外的学习和吸纳中形成的。守成者当然也会有个性，但这种个性如果依赖封闭，它可以进博物馆，可以吸引很多参观者，却不会有生命。"❷ 这表明，韩少功对文化和传统的看法不再是20世纪80年代中期那样一种强迫性的防御，❸ 但个人创造力的潜在动机仍然是他持续关注的问题。

结 论

虽然韩少功的前后观点并没有戏剧性变化，但是有关寻根，他的文章从过去到现在有明显的演进。他的早期的文章的确表明了对民族文学直言不讳的辩护，并伴随着夸张的东西方二分法，部分原因是公认的对这两种传统缺乏了解。这些年来，这种立场开始"软化"：韩少功对个人创造力的诉求和对相对主义思维的偏好——这些在早期阶段就已经存在的较微妙的观点，由于更多的政治自由和事实性知识，逐渐地导致了更微妙的观

---

❶ 参见韩少功《批评者的"本土"》一文。韩少功认为，作家不应该把自己与自己的文化本源隔离开来，这是理解其他文化的条件［《韩少功散文》（下），北京：中国广播电视出版社，1998年版，第180页］。

❷ 与王雪瑛的访谈。参见韩少功：《韩少功散文》（下），北京：中国广播电视出版社，1998年版，第241页。

❸ 韩少功甚至还讽刺文化民族主义，比如在一篇文章中，他幽默地呼吁中国问候方式的优点：双手交叉在胸前微微鞠躬（作揖）。韩少功列举了几种作揖与西方握手相比的优势，包括卫生、省时、优雅以及掌握主动，即避免出现伸出手却（无意或故意）未被注意到的尴尬局面。韩少功甚至建议，由于没有对应的英文，"作揖"应该音译而不是翻译，就像"磕头"一样。《作揖的好处》，《韩少功散文》（上），北京：中国广播电视出版社，1998年版，第148－151页。

点。最初,学术研究和批评忽略了这些因素,部分原因是当时盛行的对民族主义的关注。后来它们被忽视则可能是因为它们没有引起广泛的争论,且在以运动和趋势为焦点的学术研究和批评中没有得到太多的关注。

上述讨论试图表明,"寻根"源自韩少功对创造力的一贯关注,以及他对浅薄化写作的反对。这是对部分当代中国作家面对现代西方文化缺乏自信、"自卑情结"的反应。这种情结导致他们要么不加区分地照搬西方文化,要么疯狂地固守本土传统。韩少功并没有看到中国传统的破裂,而是看到了中国当代作家在处理传统方面的创造性问题。他说:"如果说'文化大革命'摧毁了什么,那就是中国人的创造力。"❶ 而且一直以来,韩少功都在呼吁创造性地继承传统。❷

1998年,韩少功说,"文化"在20世纪80年代中期也可以被视为一种武器。"文化大革命"之后,作家们在提倡直白的个性时必须小心谨慎。"文化"可以用来对社会主义现实主义有关人的定义进行轻微调整,从而安全地适应"好"和"坏"、英雄和恶棍的分类。寻根文学对文化认同的强调至少表明,人们对人的意识形态认识还不够。❸ 在文章中,韩少功的确很少谈及文化或中国文化本身,而是谈文学的个性和创造力。反对浅薄和盲目模仿,是他关于正统和非正统文化——"死亡的地壳"和"生命的岩浆"——或批评片面的社会政治参与——即"五四"知识分子的遗产的

---

❶ 个人访谈,海口,1998年6月,随后提名《鱼、词语、花儿:韩少功访谈录》发表于荷兰《文火》杂志第七期(1999年4月),第66-73页。

❷ 在另一篇文章中,尽管韩少功仍然把自己看成一个现实主义作家,而不是现代主义作家,但他声称作家写什么"主义"并不重要,只要他写的是好文学,因此这篇文章的讽刺性标题是《好作品主义》[该文写于1986年7月,参见韩少功:《韩少功散文》(上),北京:中国广播电视出版社,1998年版,第219-222页]。五年后,另一篇文章《有生命的萝卜》以略微不同的角度,更直接地表达了这一观点。韩少功批评了20世纪许多批评家的方法狂热。他将他们与研究人员进行比较,研究人员使用特定的、逻辑的方法来检测胡萝卜中维生素的含量。虽然检测出维生素是一个重要的贡献,但卷心菜甚至垃圾中都含有维生素,那么有关胡萝卜又说明什么呢?在"维他命主义"的原则下,杰作和垃圾是没有区别的;先锋和伪先锋变得无法区分。一个"常见的错误"是,这些批评家使用写得不好的文学作品只是为了"证明他们自己方法的胜利"。"批评不等于方法";这种批评忽视了文学的"文学性"。例如,用主义来讨论文学毫无意义,因为好的文学可以属于现代主义、现实主义或任何主义,它"超越了主义",它是一根活生生的胡萝卜[参见韩少功:《韩少功散文》(上),北京:中国广播电视出版社,1998年版,第290-293页]。

❸ 个人访谈,海口,1998年6月。

核心论点。事实上，韩少功在中国文化传统中也发现了一些与文学和艺术更为直接相关的东西，比如道教的相对论，在很大程度上支配着他的思维和创作。

站在韩少功微妙的相对主义的思想立场上，就很难对文化民族主义"运动"的"领导者"或"宣言"倡导者的形象产生任何信任。批评家和学者们普遍认为，韩少功对"运动"的认同程度有所下降。的确，在20世纪70年代末和80年代初，韩少功作为一个作家感到有责任为他的国家说话；结果，韩少功1985年后较少乃至不介入这方面的小说让许多读者感到意外。在这一点上，人们可能会推断，政治自由的增加使韩少功能够让艺术的动机超过他的政治动机。在20世纪80年代中期发表的几篇文章中，韩少功说，他放弃了用文学向更美好的世界迈进的理想。然而，当他继续写关于社会问题的文章时，他似乎已经把社会问题和私人问题分开了。作为一个公共知识分子，他可能仍然"感时忧国"，但不是作为一个独立的作家。他是"外儒内道"，部分参与，部分远离尘世，或者用他自己的话说，他必须"以出世的状态而入世"。❶

韩少功并不认为自己的思想有线性的演变，比如从20世纪80年代的"政治的"到90年代的"艺术的"，而更愿意指出他的散文和小说写作之间的差异。❷ 对于韩少功来说，散文的写作目的是论述与解释一些事情，而小说不需要这样做；韩少功的散文都是论述他已经思考过的想法，而他的小说则倾向寻求理论无法再提供解释的观点。两者之间存在着一种对立、斗争和不信任的关系。例如，在谈到现代化问题时，韩少功在他的散文中坚定地反对中国社会的整体落后；而在他的小说中，他将通过观察个体人物的具体命运来展示现代化的模糊性——财富真的能让一个农民更幸福吗？❸ 此外，韩少功还提醒说，撰写散文时，小说家也可以扮演评论家的角色，而他在这些不同的角色中所说的话可能是矛盾的。因此，"一些

---

❶ 个人采访，布雷达，1996年6月。这与评论家吴亮对韩少功的描述相符。
❷ 个人访谈，海口，1998年6月。
❸ [荷兰] 林恪：《鱼、词语、花儿：韩少功访谈录》发表于荷兰《文火》杂志第七期（1999年4月），第71-72页。

评论家继续说韩少功反对现代化；他们看不到散文和小说之间的差异"❶。

在接下来的章节中，我们会继续细致研究韩少功的小说。第二章和第三章将展示他的短篇小说如何与寻根讨论相联系，第四章将展示在他的第一本长篇小说中如何表现小说与散文之间的关系。最后，第五章将与其他寻根作家的作品进行比较。

---

❶ ［荷兰］林恪：《鱼、词语、花儿：韩少功访谈录》发表于荷兰《文火》杂志第七期（1999年4月），第72页。

第二章　相对性:《归去来》《爸爸爸》《女女女》

韩少功的短篇小说《归去来》和他的中篇小说《爸爸爸》《女女女》成为他最有名的作品，不仅仅是因为它们标志着韩少功在1985—1986年间作为作家的创作突破。这些文本在汉学研究中被评论得最多，因为它们被视为寻根文学的代表作品，或者至少是韩少功在他的文章《文学的"根"》中表达的思想的反映。尽管韩少功曾说过，他那一时期的工作受到了1984年杭州会议的启发，❶ 但前一章表明，无论是关于寻根的论争，还是韩少功的寻根思想，都需要从更广阔的视角来看待。因此，对这些有影响力的作品进行新的分析是合理的。本章以整章的篇幅介绍它们，以便比较它们不同的接受方式。第三章，这些文本与韩少功1985—1995年的其他短篇小说和中篇小说一起被考虑，并适当参考了他的早期作品。

　　在第一章中，笔者在阅读这些文本时，关注的是作品的内在结构，认为短篇小说、中篇小说或长篇小说的解释应该把文本作为一个有意义的整体来解释，其中各个部分都有自己的功能。相应地，笔者强调结构元素，如情节和叙事视角，以及——关于形象和母题——重复和对比，❷

---

❶ 韩少功：《杭州会议前后》，《上海文学》2001年第2期。出版日期表明寻根理论先于文学实践，这一点已被广泛注意到。然而，在仔细研究其他数据后，我们可以初步得出结论，至少从作者的角度来看，理论和实践是一致的。《归去来》《爸爸爸》都是在1985年6月出版的，因此，严格地说，是在韩少功的《文学的"根"》发表之后。然而，这些故事的落款日期分别是1985年1月和1984年12月，而《文学的"根"》是基于1984年12月和1985年1月在杭州会议上的发言。《女女女》的出版日期是1986年1月，但仍然是寻根论争的全盛时期。

❷ 笔者所说的重复和对比指的是广义的重复。希利斯·米勒区分了两种形式的重复："基础重复"和"非基础重复"，前者基于真实的、模仿的对应，后者基于"不透明的相似"事物之间的区别。在这种差异的间隙中产生了第三种事物，象征或意象，即"两个不同事物的呼应所产生的意义"。第二种形式的重复经常"引发对立，或者相反的对立"。由于这项研究关注的是反义词对之间的关系，笔者在讨论中使用的比较常见的术语"对比"和"回声"被视为重复的一部分。参见约瑟夫·希利斯·米勒：《小说和重复：七篇英语小说》，牛津：巴兹尔·布莱克威尔出版社，1982年版，第8—10页。

和循环。❶ 笔者的方法是诠释学,因为笔者试图找到一个预设的主导文本整体的中心方面与该文本的组成元素之间的联系。在这两者之间的连续运动中,笔者试图辨别出多重层次的意义。

这样一来,我们可以发现,被审视的文本被其他更大的主题所支配,而不是在阅读时只考虑寻根辩论所看起来的那样。此外,它们的主题是由同样的相对性精神所维系的,而相对性精神贯穿于韩少功的全部散文中,这也是第一章所论述的韩少功的文学传统观点的核心:其相对性表现在对各种对立的有效性的质疑上。《归去来》中,人格的相对性在双重的主题中得到表达,文本围绕着梦想和现实、私人和社会的概念展开。《爸爸爸》展现了现代观念与传统观念、理性知识与迷信信仰的对立,而《女女女》则表现了爱与恨、个人自由与社会规范的相对性。从地域文化中提取的题材受到特别的重视。与第一章提到的基于文化的普遍接受的结论相反,笔者的阅读资料表明,它是为这些主要主题服务的。

就那几对对立的关系而言,浦安迪在《〈红楼梦〉中的原型与寓言》研究中提出的"互补双极性"和"多重周期性"的概念是有非常有用的。从《易经》到《红楼梦》,这些概念被浦安迪认为是"持久的美学形式,为中国文学体系提供了连贯性和延续性"。❷ 这些术语是基于中国的阴阳二元论和五行学说。浦安迪引入他的术语作为替代,以强调在这里讨论的是正式关系而不是具体公式。❸ "两极性"是指中国逻辑体系中的"关联思维倾向",即"经验被理解为成对的概念",由相互牵连的对立构成。每一对概念"都被视为一个连续体,经验的品质被绘制在一个不断交替的过程中,隐含着存在而不是假设的极点",这些极点也无限地重叠。两极性通

---

❶ 奚密认为,圆形"代表了中国现代诗人(在寻找有意义的形式时)努力实现形式与内容的动态融合"。她将其定义为这样一种结构:一首诗的开头和结尾(人们可以将其扩展为更大的虚构文本)"包含在其他地方看不到的相同的图像或主题中"。主题和时间概念的循环结构的结果与本研究尤其相关。参见奚密:《现代中国诗歌:1917年以来的理论与实践》,纽黑文:耶鲁大学出版社,1991年版,第91—92、112页。

❷ 浦安迪:《〈红楼梦〉中的原型与寓言》,普林斯顿:普林斯顿大学出版社,1976年版,第53页。

❸ 同上,第44页。

常与周期交替（如季节或方向）、相互位移（相反的元素）和周期重叠等概念结合在一起，所有这些都源于五行学说。❶ 虽然中国二元论的极点总是在联合中保持分离、结合但从不融合，它们仍然是"作为一个整体存在的整体的组成部分而联合在一起"。从这些概念中引出了中国的统一概念，即"同时包含人类经验"的"空间视野"，而不是"宇宙历史的单向性"的"时间视野"。❷

浦安迪的见解对当前的研究具有特殊的意义，因为它们所区别的传统文学的主要特征也体现在韩少功的作品中。首先，它的非叙事性，使得情节成为一种不那么重要的结构手段，而相反的元素的配对更为重要。《归去来》《爸爸爸》《女女女》的情节都可以用几句话概括，而对立面的相对性是韩少功自己已经指出过的。接下来的重点是"平衡的力量""品质、关系和存在状态，而不是动机、行动和结果"，以及"周期节奏和循环序列"，而不是线性发展。❸ 正如笔者将要说明的，这三篇小说也体现了这些方面。笔者不会严格遵循浦安迪的理论；然而，鉴于中国文学传统中普遍存在的两极化和周期性概念，我们不妨扪心自问，这是否是韩少功文学寻根的一部分。

《归去来》

在短篇小说《归去来》中，第一人称叙述者来到了一个他似乎很熟悉的村庄，尽管他没有以前去过那里的具体的记忆。更重要的是，村里的人似乎都认识他，但他认为他们把他当成了别的人。叙述者没有解决自己身份的困惑，最终离开了村庄。这个故事的一个显著特点是它大量地描述了这个村庄的当地习俗；然而，正如我们将会明白的，故事通过突出熟悉和

---

❶ 浦安迪：《〈西厢记〉和〈红楼梦〉中的寓言》，浦安迪主编：《中国叙事学》，普林斯顿：普林斯顿大学出版社，1977年版，第169—170页。
❷ 浦安迪：《〈红楼梦〉中的原型与寓言》，普林斯顿：普林斯顿大学出版社，1976年版，第48—49页。
❸ 同上，第21—22页。

陌生的对比来服务于故事的主题。这一主题在开头一段中已明确说明："人们常常注意到这样一个事实，有时候当他们第一次来到某个地方时，他们会觉得很熟悉，但他们不知道为什么。这就是现在的我的感受。"❶

在这个只有两句话的自然段之后，第二自然段接着描述叙述者怎么来到了这个地方。自相矛盾的事情立马出现了。他描述时好像他是第一次看到这个地方，但是同时似乎知道那条路。他对于道路的下一个转弯处会看到什么的猜测竟然是对的，这让他本人也感到吃惊。后面的故事涉及几个人的会面和对村庄各处的参观。他了解到人们把他误认为一个叫马眼镜的人，但他坚持自己是黄治先。村庄中没人把他的反对当回事（显然，马眼镜总是喜欢到处开玩笑），然后他开始把自己想象成村民中的任何一个人。他猜测着，也加入村民们的讨论中。他渐渐加深了对马眼镜的了解，尽管只是零星的了解。村民们的故事对于他来说似乎越来越有说服力，尽管他自己一直否认这一点。

比如，从村民们的讨论中，他知道了马眼镜已经离开十年了，而且他现在肯定在城市中当一名老师；其中一个村民还有他的课本。对于这一点，他耸了耸肩，但是当他知道马眼镜曾经被怀疑犯了谋杀罪时，他开始拼命地否认这一点。但是后来一些模糊的记忆浮现在他的脑海中，这些记忆似乎在某种程度上与一个谋杀事件吻合。在他遇到据说是过去与马眼镜关系很亲密的人，所谓的叔叔和女朋友的事时，这些模糊的记忆变得更加强烈，即使他跟他们都没有直接的交流，因为他们都已经不在世上了。他和叔叔的魂魄对话，和女朋友的妹妹交谈；这个女朋友本人变成了一只会说话的鹦鹉。这些对话就好像我们的主角——叙述者比他们更能记得过去一样。就在这时，他决定离开村庄。他现在对于自己的身份已经完全陷入了困惑。在故事的最后，叙述者以伤感的语言说："可是——世界上还有个叫黄治先的？而这个黄治先就是我么？我累了，妈妈！"

贯穿这一主线的是丰富的地域民俗意象。这在读者看来可能是奇怪的

---

❶ 在中文原文（见韩少功：《诱惑》，长沙：湖南文艺出版社，1986年版）中，这部分被特别强调，虽然在后来的版本中没有，在张佩瑶的翻译中也没有。笔者把它加在这里，是认为它对这个故事的解释至关重要。

或者充满异域情调的，但是这种异域情调正是故事的一部分，就像这风俗在第一人称叙述者看来也是奇怪的一样，读者们通过这个叙述者的眼睛来看故事中的事物。比如，从小说中呈现当地方言（村民使用的方言）的方式就可以看出这一点。在其中一段对话中，村民的直接发言立即被括号中的话语打断，叙述者从中猜出一个词的意思："还识（认？记？）得吾吧？"类似的言论，例如，表达叙述者对与他有关的事实的怀疑时，也放在括号里："（是吗？）"在这些情况下，叙述者可能在自顾自地思考，但与此同时，仿佛他在明确地打断另一位发言者，他把读者拉到一边，让他或她成为自己的困惑或怀疑的一部分。

正如我们已经知道的那样，叙述者尝试着让自己充当村民中的某一个角色。在某个时刻，他甚至明确地表示，要告诫自己不要表现得像个新人，并且必须假装知道这些。他的努力在他适应当地习俗的尝试中表现得很清楚了。比如，当他喝当地的油茶时，他会详细地介绍这种饮品是什么、该以什么方式喝，以及喝它有什么象征意义。对于这一点作者暗示不必是异域情调的，因为这个叙述者毕竟也在尝试着理解他周围的事物。他对当地茶的不熟悉更加表现在他喝茶时的滑稽与笨拙；他甚至差点烫着自己。他不是真的喜欢这茶，但是他要求自己应该礼貌地把它喝完。但在故事的后半部分，当谈话是关于给他上茶的那个女人时，他假装自己是一个知情人："识得识得，她最会打油茶。"还有一个例子：叙述者得知他，或者说马眼镜，喜欢某个叔叔以前做的酸黄瓜。"是这样的么？"他自问。但是在接下来的故事中，当他遇到那位问他为什么回来的叔叔的魂魄时，他回答道："可是，我想着你的酸黄瓜。"

从这两个例子中可以得出两点结论。首先，读者的注意力都集中在幽默的场景上，而韩少功正是善于利用这种幽默的力量来透视事物。幽默是本文所讨论的三篇文章的主要特征，这一点贯穿于韩少功的所有作品。《归去来》表现幽默的另一个例子就是：一个当地的村民过来还叙述者一笔微不足道的两块钱的贷款。这个细节既琐碎又荒谬——因此清晰地表达了故事的整体主题。其次，通过对诸如茶和黄瓜这些主题的多次重复，一个连贯的整体就建构起来了。这样一来，茶和黄瓜就不仅是当地文化中有趣的民族特征，而且在结构上有了一定的连接作用，从而使故事的宇宙独立存在，更有说服力。

另一个使用当地习俗的例子是，叙述者被邀请到厨房的一个大木桶里洗澡，所有的女人都从那里走过。叙述者接受了邀请，从字面上说，他认为这一定是当地习俗的一部分。他不得不在人们面前脱光衣服，再加上他在异性面前的尴尬，我们已经认识到了身份的主题。然而更重要的是，在这个厨房里有一盏当地特有的能发出一束蓝光的猪油灯。看着洗着澡的赤裸的自己，他的皮肤被一种奇怪的蓝光包裹着，叙述者此时有了一种强烈的被异化的感受。他开始从他远古祖先的单个精子和卵子的角度来思考自己的身份，并且思忖自己个人身份的意义到底有多么渺小。洗澡水中的消毒草药让他注意到身体上的一个疤痕，这唤起了他模糊的记忆，表明他可能确实与先前提到的谋杀案脱不了干系。这个场景十分重要，是故事的一个转折点，因为在经历这样一种异化的感受之后，黄治先开始更多地认为自己就是马眼镜。在那一瞬间，不仅会出现关于所谓谋杀现场的令人困惑的记忆，还会出现他与已故叔叔和已故女友的妹妹的神秘而引人注目的会面。

除了这个主要的情节层面，二重身的主题还隐含在故事的其他层面，进一步增加了故事的连贯性。它反映在乍一看似乎孤立的、边缘的细节上。首先，有一个名字叫马眼镜。黄和马都戴着眼镜。除了这个绰号让马在农民中显得与众不同之外，他的眼镜也在好几个场合受到了关注。有一次，没见过眼镜的孩子们在马眼镜多出来的一双眼睛里发现了"鬼崽"。其中的一个英文译本，当马眼镜的名字被恰当地翻译为四眼马时，这被解释为是有关"双重"的主题。

其次，在叙述者所谓的归来时，一些村民说他看起来更老了，一些说他看起来更年轻，一些说他变胖了，然而一些又说他更瘦了。这种非此即彼的主题正是同样的村民们询问他关于他应该认识的人的一种重复："某某有小孩了吗？一个还是两个？""那某某呢？他有小孩了吗？一个还是两个？"叙述者幽默地自言自语地想，如果马眼镜只需要回答"一"或"二"，那么这样的麻烦就值得了，因为这样他就可以得到食物和住所作为回报。这进一步强调了这个"重复"问题。而且,这一点在接下来故事中的一段对话中再一次被重复,一个村民谈论人们建房子的事情:某某的房子丈六高,某某的房子有丈八,第三个人正在建一座可能丈六也可能丈八高的……另外,在重复的情况下,这些琐碎的话语在双重主题的语境中才具有意义。

在这一方面,笔者又想到了另外两个例子。叙述者去参观他原来的房子,现在变成了牛房,他听到他的脚步回声从牛房的土壁上撞过来,然后他说,"像还有一个人在墙那边走,或是在墙土里面走——这个人知道我的秘密"。另一个场景发生在晚餐时,按照惯例,要在缺席的人的位置上放一块肉。这里没有提到缺席的人的身份,这给读者留下了想象空间,让他们把它解释为另一个对二重奏主题的引用。第二个场景是又一个利用当地文化习俗来服务故事主题的例子。❶

我们从表面情节的一般水平到其他层面的小细节来看,故事的身份主题与故事的主题——一个乡村的当地民间传说——密切相关。事实上,我们可以发现,叙述者尝试通过熟悉当地的民俗文化来建立自己的新身份。他立即再次使用他新发现的关于茶叶和黄瓜的信息,试图把自己的故事变成一个有说服力的、连贯的故事。重要的是,这是作者在同一时间所建立的:这些主题的重复给读者带来了同样令人信服的连贯性。金介甫说,韩少功对这个村庄风俗和方言的丰富描述,❷ 服务于这样的主题:第一人称叙事创造了一个偏执的梦境世界,其中所有的主题似乎不仅是为了奇异的

---

❶《女女女》也有同样的特点。这个文本中,失踪的客人是谁是很清楚的,且这个习俗在故事中还有另一个作用,即强调对死者的思念(见韩少功:《归去来以及其他故事》,张佩瑶译,香港:Renditions 出版社,1992 年版,第 148-149 页)。由此可见,韩少功有意识地使用民俗材料,而不仅仅是为了展现异域风情。

❷ 金介甫:《中国 80 年代文学中的沈从文遗产》,魏爱莲(Ellen Widmer)、王德威编:《从五四到六四》,剑桥、伦敦:哈佛大学出版社,1993 年版,第 99 页。

效果，而且是为了突出熟悉和陌生之间的模糊。❶ 值得指出的是，那些关注文化方面的读者常常习惯性地忽视故事的结构因素，却把重点放在故事的主要事件上。比如，曾镇南就忽略了双重主题，仅仅认为叙述者的身份危机是"一个面对着民族古老传统和新的生命力的年轻人所产生的动摇"。❷ 张佩瑶承认，韩少功写这个故事的方式"令人困惑"，然而，张佩瑶试图解释《归去来》中的自我问题，个人身份与文化身份密切相关的争论并没有任何文本证据的支持。❸

事实上，《归去来》超越了文化问题，直接进入了建立（个人）身份的问题，这个身份概念本身就被破坏了。这一点从主要情节中可以清楚地得出：叙述者最后陷入了身份危机而不是更加接近某一个可能的自我。在故事的许多不同层面上，我们发现了寻找身份的不可能或者徒劳的例子或意象。例如，当叙述者逐渐接受他以前可能住在这个村子里的想法时，却发现原来对他来说亲近或珍贵的东西都已不复存在了：他的房子变成了牛房；两个他曾经很亲密的人已经不在了——他的叔叔过世了，他爱的那个女孩变成了一只鸟。另一个很重要的方面是梦的主题。首先，整个故事都是朦胧的，因为读者和叙述者实际上都不知道为什么以及如何在一开始来到了这个村庄，没有线索、理由和背景，只有在故事结尾时，我们得知这个叙述者回到城市之后，反复梦到自己走向那个村庄，却永远也走不到路的尽头。对梦中那条路的描绘与故事开头他走进村庄时对道路的描绘相同。永远达不到目标的暗示是显而易见的，并且通过重复创造的循环而充满活力。另一个意义重大但却较小的重复是由两句相似的短句组成的：故事开头是"我走着"，这句话以同样简单但相反的方式被"重复"，结尾是

---

❶ 魏安娜在时间和记忆的背景下阅读了这个故事，她注意到主人公在寻找身份时对周围环境的感知所起的隐喻作用（参见魏安娜：《直面时间：中国近代散文的时代性》，魏安娜等编：《文化邂逅：中国、日本和西方》，奥胡斯：奥胡斯大学出版社，1995年版，第185－186页）。吴亮恰如其分地指出，当地人似乎只是为了帮助主人公恢复记忆而存在（参见吴亮：《韩少功的理性范围》，《作家》1987年第7期）。

❷ 曾镇南：《韩少功论》，《芙蓉》1986年第5期。

❸ 张佩瑶：《从自言自语到众声沸腾：韩少功小说中的文化反思精神的呈现》，《当代作家评论》1994年第6期。

"我走了"。

故事的文化影响在互文性中得到了最好的体现,韩少功本人也指出了这一点。金介甫发现了一些从《楚辞》中借鉴的东西,尤其是幽魂和鸟的主题。❶ 此外,在许多评论家和韩少功本人的心目中,这个故事部分是受到庄子的"蝴蝶梦"的启发,后者是人物角色相对性的中国经典。❷ 这篇小说的题目《归去来》明显借鉴陶渊明的《归去来兮辞》,它强调了这样一个事实:它表达的是对回家的渴望,而不是回家的实际可能性。就故事的结局而言,笔者又想到了陶渊明的另一篇作品《桃花源记》,文中桃花源也是一个只能去一次的地方。唯一的区别在于,陶渊明的作品呈现的是一个乌托邦式的天堂世界,而从韩少功作品中叙述者不好的经历来看,他描绘的正是一个相反的世界。对于主观性问题的强调,使韩少功的作品相较于陶渊明的作品更具现代性。

在参考这些文本的基础上,我们可以发现,《归去来》打破了这样一种假设,即寻根文学的作家们在乡村的部分地方找到了他们的文化身份。首先,这个故事的主题并不是在乡村中寻找身份。叙述者并没有特意寻找什么,相反,他被动地被当作某个村子里的人。然而,它可以说是一种旅行,但缺乏明确的动机,那么它最好被描述为无意识的旅行,因为它强调的是做梦。而且,这是一场非线性的无目的的移动,它是循环式的。首先这是与寻根文学紧密相关的城市与乡村相对立所产生的结果。在《归去来》中,很明显是从城市到乡村的活动,但同时也包括了对城市的回归。笔者还会回到这个清晰的城市视角,这在韩少功的文本和寻根文学中经常被忽视。其次,如上所述,循环指向了试图建立同一性的不确定性。

文本所揭示的是叙述者试图认同他的双重身份背后的机制。确实,故事一个重要的方面就是叙述者从来没有完全清楚地认识到自己的身份。他的行为是出于社会接纳的需要:正如我们所见,他明确地想要适应当地的

---

❶ 金介甫:《中国80年代文学中的沈从文遗产》,魏爱莲(Ellen Widmer)、王德威编:《从五四到六四》,剑桥、伦敦:哈佛大学出版社,1993年版,第99—100页。
❷ 施叔青:《鸟的传人——与湖南作家韩少功对谈》,韩少功:《谋杀》,台北:远景出版社实业公司,1989年版,第19页。

习俗，以免表现得像个新人。由于不是真正了解，他总是在与人交谈时卖关子糊弄众人。他渴望有归属，因为他认为："从女人的笑脸来看，今天的吃和住是不成问题了，谢天谢地。当一个什么姓马的也不坏。"在另一个极度困惑的时刻，他只是叹了口气："我想谈谈天气。"这当然是"社交谈话"的普遍例子。

叙述者不时地意识到他与村民相处在一起的道德含义：至少有一次，他声称自己的行为是"无羞耻感的"。一个关键因素是双重指控谋杀，一个是虚拟的指控，另一个是出于爱把一个女孩逼死（自杀？）。这种普遍的不道德行为使得身份之间的选择变得格外紧迫。叙述者甚至渐渐为他不记得的犯罪感到愧疚。你可以称之为卡夫卡式的叙事：像约瑟夫·K一样，为准时参与审判而奔跑，然而他却不知何故，或者说格雷戈尔·萨姆沙已经变成了一只巨大的甲虫，仍然认真准备去工作，这同样也包含了对社会认同的渴望。正如卡夫卡书中的人物那样，韩少功书中的叙述者为他的窘境感到愧疚，因为那在一定程度上是他自己所为。叙述者实际上开始回忆起他所听到的关于他的双重身份的事情，但是韩少功的故事仍然迷雾重重，无法确定这一切是否发生在他自愿接受双重身份的过程中。这是韩少功在这部特殊小说中的艺术成就之一。其他成就包括反复出现的幽默感，甚至连叙述者的犯罪罪行都被削弱了。村民们并没有谴责他的谋杀，相反，他们认为他是对的。

一些评论家认为《归去来》表现了韩少功寻根理念中的"感时忧国"，这种说法是站不住脚的。在大多数情况下，他们的判断是基于故事中对作品之外的中国现实的明显指涉。叙述者在"十年"后回到了村里，马眼镜是一位受过教育的城市青年教师，这些事实无疑说明了一切。但是，在这种真实性的主张上建立可验证的论据是有问题的。在谈到上述罪恶感和责任的问题时，张佩瑶认为，这个故事可以从很多层面进行解读，但她强调，对于许多大陆读者来说，叙述者的困境在一定程度上是经历过"文化大革命"的人的典型状态。在"文革"期间，人们经常被冤家指责。❶ 用梅仪慈的话说，"断裂的自我，缺乏连贯、连续、自主的主体"这一主题，虽然可能"与后现代主义理论相吻合"，但可以被视为"特定历史的产物：'文化大革命'期间农村经历对自我的破坏性影响"。❷ 评论家王斑在他的"记忆就是历史"的讨论中，从同样的历史层面来解读这个故事；此外，对于他来说，身份的混淆只是主角的失忆。王斑一直把叙述者称为知青马眼镜，含蓄地假设黄治先只是暂时忘记了马眼镜的真实身份。❸ 这些解读，虽然看似合理，但很大程度上是基于外部或文本外的信息。即使我们知道，韩少功自己在其意大利译本的序言中谈及，知青之后回到城市，有一个反复出现的梦，"在我熟悉的山间小路上，就像《归去来》中的叙述者一样，永远达不到终点"，❹ 笔者的研究表明，文本中没有证据显示，韩少功对普通知青或"文化大革命"的经历发表了历史性的评论。第三章（第一部分：身份）中，笔者通过将《归去来》与其他文本进行比较，进一步提供这方面的论据。

《爸爸爸》

《爸爸爸》是20世纪80年代中期韩少功最有名的作品。《爸爸爸》和一年之后出版的《女女女》常常被称为姊妹篇，不仅仅因为两者名称上的相似性，在题材上也有相似之处。两部作品都是同样的长度，最初都是50页，而且同样是分为8章，最后一章都相对简短一些。这些中篇小说，包括我们将在下面简要介绍的第三篇，在这一时期的作品中脱颖而出是因为

---

❶ 韩少功：《归去来以及其他故事》，张佩瑶译，香港：Renditions 出版社，1992年版，第XII-XIV页。

❷ 梅仪慈：《意识形态、权力、文本——自我表征与中国现代文学中的农民"他者"》，斯坦福：斯坦福大学出版社，1998年版，第210页。

❸ 王斑：《作为历史的记忆：当代中国对过去的理解》，《美国中国研究杂志》第5卷（1998年4月），第49-67页。

❹ 韩少功：《偏僻与孤独的南方》，意大利文《爸爸爸》译文前言，米塔（Maria Rita Masci）译，罗马：Theoria 出版社，1992年版，第13-17页。

他在那个时期的作品都是短篇小说。

叙事视角和主题

如同《归去来》，《爸爸爸》的情节归属于韩少功有关对立事物的相对性游戏。这部中篇小说的主要情节可以归结为一个偏远、孤立的山村由于食物短缺而衰落，村里的传统和现代知识分子都无法解决。在韩少功自己的评论中："理性和非理性都成了荒谬"，"新党和旧党都无力救世"。❶ 然而，这种发展只是为人物塑造和主要人物之间的互动提供了背景；读者只有在四个主人公的生活中感受到这些背景事件时，才会得到这些信息。人物有丙崽——一个畸形、近乎哑巴的残障人士，他的母亲，一个外村人，他们的邻居、老学究仲满，以及以现代知识分子形象出现的仁宝。这部中篇小说围绕着这四个人物之间的关系，以及他们和笔者在别处提到的第五个主人公——村民之间的关系展开。❷ 正如笔者将要论证的，这些关系最好的描述是概念配对，而不是心理表征。

叙事视角起着重要作用：与《归去来》中明确主观的第一人称叙述者形成对比，《爸爸爸》有一个外部叙述者。此外，正如梅仪慈所说，在叙事视角上存在着不一致性，这对文本的解读至关重要。外部叙述者在对当地文化的描写中，往往显得无所不知、谦逊客观，但在某些情况下，却间接地对村民的迷信和大众冷漠心态进行了片面的、讽刺性的评论。❸ 由于叙述者停留在外部，这些观点并没有成为故事的一部分，因此，正如金介甫总结的那样，韩少功提到的当地信仰的不合理性"很大程度上是外在的，在隐含的城市读者的头脑中"，而不是在当地居民的头脑中。❹ 因此，地域文化题材被用来对隐含的（当代）理性价值进行讽刺的陌生化。让我

---

❶ 韩少功、夏云：《答〈美洲华侨日报〉记者问》，《钟山》1987年第5期。
❷ 林恪：《鲁迅的影子：鲁迅、韩少功、白桦》，巴黎第七大学硕士论文，未出版，1992年。
❸ 梅仪慈：《意识形态、权力、文本：中国现代文学中的自我表征与农民"他者"》，斯坦福：斯坦福大学出版社，1998年版，第205-207页。
❹ 金介甫：《中国80年代文学中的沈从文遗产》，魏爱莲（Ellen Widmer）、王德威编：《从五四到六四》，剑桥、伦敦：哈佛大学出版社，1993年版，第102页。

们仔细看看这在《爸爸爸》中是如何运作的。

叙述者的讽刺性评论大多是由视角的转变带来的。总的来说，叙述者以一名民族志学者的超然方式描述了当地的信仰和实践，小心翼翼地用诸如"据说……"和"村民们相信……"这样的句子来描述这些情况。以这种客观的、半科学的态度描述的目的，似乎是为了尊重地展示那些第一眼看到的奇异的本地世界观的内在逻辑，使这一世界独立于自身。然而，叙述者在描述一种特定形式的"当地信仰"时，经常会用一个反问句或类似的评论来总结："为什么会有人对此感到惊讶？"或者"这没什么不寻常的。"这些话颇具讽刺意味：叙述者从超然的风格中溜出来，假装放弃了无所不知的角色，加入当地人自己的视角中。事实上，叙述者站在了读者一边，就像他自己揭示的那样，是现代都市人。随后的幽默，就是韩少功作品的一个重要特征，在这里就有点不同了。

在其他地方，讽刺的意味是如此的直接，以至于它接近于简单的讽刺，尤其是在那些展示了村民群众心理的段落中。村民们被一再地塑造成对主要人物的个人苦难漠不关心的样子，因为他们的生活太"令人兴奋"，以至于不会理会别人的生活；对这些令人兴奋的事情的描述无一例外都是些鸡毛蒜皮的小事，比如抓一只飞上屋顶的鸡。群众反复被叙述为不能理解主人公的个人窘境。在这些情况下，为达到讽刺效果，叙事者也从超然的高度退回群体视角。叙述者没有像在其他情况下那样全知全能，这将使叙述者能够以主人公的视角提供解释或分析，将自己隐藏在大众的背后，做出暗示性的陈述，例如："没有人知道这意味着什么。"

因此，在很大程度上，这部中篇小说所蕴含的地域习俗和信仰，正是表现了上述大众的冷漠和无知的心态。当地的世界观被视为迷信，这一结论被村里反复出现的关于流言蜚语的描述所强化，在那里，公众意见通常是不加批判地建立在模糊的传闻之上。不同的场景显示出村庄的衰败其实可以归咎于村民的心态：他们的无知和迷信无法弥补粮食的短缺，反而导致他们做出的决定只会加重问题。例如，一些预知仪式被解释为向邻近村

庄开战的建议，但往往只会导致死亡和损失。❶

　　重要的是，这些思维方式自古就已经存在了。一方面是通过对神话传说的引用，另一方面是通过自然意象。在这部小说的第二章（主要介绍了这个村庄的环境和村民们），作者通过研究那些依然传唱的当地史诗民歌，追踪了鸡头寨的起源。从寻根论的角度来看，这些传说与历史信息相矛盾是很重要的：面对与当地传说有很大出入的官方历史学家的说法，村民们固执地坚持自己的看法。然而，这些神话的材料大多取自传统的创世神话：村民们追溯他们的祖先到了著名的刑天那里去了。❷ 这些传说的更重要的方面是，人们似乎永远在迁移，永远无法安定下来，并延续至今。他们的祖先用尽了黄金，离开了黄金之河，等白银耗尽了，就离开了白银之河，暂时定居在米河，因为"只有用大米才能滋养子孙后代"。另一个传说的主题是"无法为氏族提供足够的生计"，讲述了越来越多的大家族不得不共用"一间卧室"和"一个水桶"，导致祖先们不断搬家："一个人怎么能这样生活？"显然，人类的衰落从远古时代就开始了。重要的是，寻找新的肥沃土地的过程在小说的结尾重复了：一个完整的仪式被描述出来了。在这个仪式中，小说前面部分引入的民歌被逐字重复。当他们走出被烧毁的村庄时，歌词由村里年轻强壮的人唱出来。在此，小说引入一种循环，标志着族群衰落的延续。

　　村民们不变的旧的生活方式与他们的与世隔绝有关。这是一座位于高山上的小村庄，常年被云雾笼罩。接下来的描述被一些评论家理解为某种隐喻：据叙述者所说，如果你离开你的房子，你就会被薄雾包围，当你走着的时候，这些雾会在你面前消退，然后跟在你后面，让你觉得自己正独自走在一座小岛上。这种隔离的假象会被某种特定形式的迷信所加强：这薄雾正是村民们几乎不曾离开这个地方的原因之一，因为他们很怕被山鬼

---

❶ 除了民俗之外，其他因素也加剧了这种衰败，比如村里不再收集粪便，导致街道散发出永久的恶臭，村里的狗吃露天摆放的人类尸体。韩少功的夸张感在这里得到了体现，当提到狗比人更有价值时更是如此，因为狗对人类提供给它们的丰富食物心存感激。

❷ 刑天是一个中国神话人物，他在与黄帝的战斗中丢了头，就用乳头做眼睛，肚脐做嘴巴。他经常被描绘成用斧头把天地分开的神话人物。韩少功的文章也解释了这个神话。

引入歧途。另外，在隔离状态中那种停滞的感觉也出现在另一个自然隐喻中：透过薄雾所隐约看到和听到的虫鸣从远古时代便未曾改变。这一族群的语言也"听起来很过时"，叙述者以民族志学者的口吻评论道，它甚至与山脚下平原上的语言也不一样。总的来说，时间的表达一直是作者关注的重点之一，几乎没有时间标记被有意识地使用。据作者自己说，他故意使用古典但同时中性的词"官"，而不是"干部"。❶ 有关于照片、汽车和"土地分配体系"的讨论，将故事安置在20世纪的某个时期。然而，从人物的角度来看，这些都是新的和陌生的。总的来说，这些东西与人们古老的万物有灵的信仰和普遍的世界观共存，给读者带来了疏离感，进一步模糊了时间观念。

在孤立中的停滞只会导致一个族群的衰退，这似乎已经成了一个结论，这一点也容易使人们把《爸爸爸》当作社会讽刺作品或者寓言来读。这样的阅读被人物仲满和仁宝的配对进一步加强。当我们想起韩少功关于现代和传统价值相对性的评论时，问题就来了，这两个"知识分子"是否代表着对非理性民间传说的理性制衡？首先，父子本身就是一对对立的角色：仲满是传统的"学者"，仁宝是现代的"知识分子"，他们的信念矛盾常常导致典型的父子冲突。然而，他们的对立面却有着重要的相似之处：就像儿子崇拜一切新事物，对未来盲从一样，父亲只渴望过去，认为那时的一切更好。此外，这两个人似乎对他们所谓的专业知识知之甚少，然而，这也足以给村民留下深刻印象，因而他们在村民中都享有很高的社会声望。据说，仲满对他所拥有的不完整的古书只有"基本的知识"，但孩子们对他戏剧性的讲述旧事的方式印象深刻，"目光茫茫然，像不是同听者讲话，而是同死去的先人讲话"。这清楚地表明仲满生活在过去。这些年轻人主要是敬畏仁宝的外表：当他的对村里保守主义发泄不满时，眼中流露出凶光；而当他说出诸如"就在今天了"之类模糊而难以理解的话时，他自信的态度使他们失去了问问题的勇气。

---

❶ 施叔青：《鸟的传人——与湖南作家韩少功对谈》，韩少功：《谋杀》，台北：远景出版社实业公司，1989年版，第21页。

讽刺的产生是由于只有叙述者和读者才能理解讽刺，这是以"大众"为代价的，同时也来源于夸张。然而，虽然仲满和仁宝的配对具有象征意义和讽刺意味，但叙述者也关注了他们行为的个人背景。在某些情况下，叙述者对仲满忠于传统的态度更多的是同情而不是讽刺。举个例子，叙述者描述了仲满在观察悬崖上的岩石纹路时的情绪，他看到了辉煌历史的影像，突然感到"先人们在召唤自己"，或者是他试图进行英勇的、高尚的个人式自杀。在这部小说的结尾，他在准备残酷地消灭村里弱者的传统仪式，据说他这样做是为了"安慰自己"，因为"生不逢时"。仁宝公然夸耀自己对文学、历史或现代、外国事物的了解，以"赢得声望"。此外，仁宝被刻画成一个试图结婚的"已经老了的年轻人"，他的性压抑在他偷窥女人洗澡、小女孩小便以及检查动物的隐私部位时得到了充分的展示。可以看出，仁宝在用他现代知识分子的身份来弥补他男子气概的缺失。

传统和现代的知识分子都不能阻止这个村寨的衰落，这可以归因于知识分子的无能。此外，在情节上，仲满只是重新演绎了一个宿命的、传统的问题解决方案，而仁宝则在此之前神秘地离开了村庄。如果我们延伸社会政治寓意，仁宝和丙崽的妈妈可归类于现代的改革者。像仁宝一样，丙崽的妈妈也去过外面的世界：她不是鸡头寨的土著人，而且她带来了外面的文明，换言之，就是一些卫生和公正的观念。像仁宝一样，她总是用多种方式挑战仲满的传统价值，比如，她在仲满的庭院前公开晒女人的衣服，这在仲满看来是恶毒的挑衅。她和仁宝都是因为与众不同而被大家嘲笑，并且在亲密的关系中彼此走得越来越近。重要的是，他们各自在村子被毁灭之前神秘地离开了这个村寨，然而仲满在衰落中振奋，丙崽则在大屠杀中幸存。用政治寓言解读的结论是，以改革者的退场为代价，传统（仲满）和原始（丙崽）存续了下来。

语　言

讽刺也出现在中篇小说的另一个主题中：语言的相对性本身就符合韩少功有关相对性的总体观点。这一直是韩少功后期作品的关注点：他在

1996年的作品《马桥词典》中强调语言，而且从不同的角度，以一种微妙而平衡的方式展示了语言的相对性。在《爸爸爸》中，这个主题出现过几次，主要集中在语言和（社会）权力方面。特别地，鉴于它被对待的方式是片面和夸张的，它似乎主要强调了上述的讽刺。

首先是主要人物丙崽只会说"爸爸""×妈妈"这样有限的词汇。❶ 叙述者紧接着解释丙崽并不明白后者的意义，那个词从他的口中说出来的仅仅是一种拟声词。❷ 不过，后来人们发现，"×妈妈"对于丙崽而言意味着一种消极的感觉，即愤怒或者沮丧，而"爸爸"却有一种积极的意义——比如，它是丙崽向人们打招呼的方式。丙崽是村里的笑柄，常常被无故殴打或侮辱。村民们取笑他说的"爸爸"，而当他说"×妈妈"时，他们便打击报复他。身材矮小、虚弱、畸形、沉默的丙崽当然是无助的。叙述者这样总结道："两句话似乎是有不同意义的，可对于他来说，效果都一样。"语言的相对性指向了群体的冷漠与残忍。这一点也体现在丙崽的命名上：我们得知"丙崽"本身没有任何意义，仅仅是因为"都需要一个名字，上红帖或墓碑。于是他就成了'丙崽'。"根据中法翻译团队的说法，"丙崽"这个名字可以理解为"堕胎"，也可以理解为"畸胎"，这就为它增添了一抹邪恶的冷漠。丙崽的事例也是相对性主题的一种镜像表达，这已经被许多批评家所关注。丙崽的被动性影射了村民们的困境：他可能是一个傻子或者原始人，但以野蛮残暴的方式对待丙崽的村民也像丙崽一样。从这方面来说，对立的两方统一为一体。❸ 结果，不只一个评论家逐渐在丙崽身上看到了国民意识的象征，并且把他与鲁迅笔下的阿Q做

---

❶ "×"代表"操"；在最早的版本，即杂志版和书第一版中，使用了一次完整的汉字。后来出版的版本把它换成了"×"。笔者怀疑是杂志编辑在把手稿全部换成原来的字时，不小心漏掉了一个。

❷ 在杂志版和图书第一版中，这一特殊的方面在文字的使用中得到了体现：与标准汉语拟声词的形式一样，文中的"妈"不是"妈妈"，而是偏旁为"口"的"吗"。然而，后来的版本把它们都改成了"妈"，带有一个"女"字旁。请参见上面的注释。

❸ 这一点也在仲满再次抱怨人类堕落的场景中得到了体现，他感叹道："先人一个个身高八尺，力有千钧。哪像现在，生出那号小杂种。"叙述者在一段话中补充道："大家知道他是说丙崽。"这句话可以从字面上理解，但也可以看作叙述者的反讽，暗示仲满的话也可以指"所有人"，也就是村民（仲满也可以有同样的意思）。

类比。[1]

在这部中篇小说中，对丙崽有限词汇的相对性游戏是一个反复出现的主题。例如，丙崽所讲的"爸爸"是用来问候他遇到的每一个人的，但当人们说"丙崽有很多'爸爸'，却没有见过真实的爸爸"时，他的话就变得空洞无物了。此外，叙述者解释说，在村子里，人们"故意混淆远近和亲疏，把父亲称为'叔叔'，把叔叔称为'爹爹'"。因此，叙述者干巴巴地补充道，离开丙崽家的那个人"应该是他的'叔叔'"，但"这与他没什么关系"。至于丙崽的另一个词"×妈妈"，只强调了它的粗鄙或野性。在一些对话中，尤其是与母亲的对话中，这种令人沮丧的沟通愿望既滑稽又讨人喜欢。然而，在一个场景中，只有"黑色幽默"可能适用。小说快结束的时候，丙崽正在寻找他离开村子在山里失踪的母亲，偶然发现地上躺着一具陌生女子的尸体。他本能地伸手去摸她的乳房，最终在自己没有意识到的情况下与她的身体发生了性关系。最后一句是："那也是一个孩子的母亲。"因此，相对于空洞的"爸爸"，丙崽实际上实现了他的"×妈妈"。

在危急时刻，那些迷信的村民们决定把丙崽当作一个先知，体现了丙崽语言的相对性。当有人提出丙崽的两种表达正对应着阴阳二卦时，丙崽立马成为一种令人崇拜的神祇，这一点他自己显然是毫无意识的。对于神谕的理解完全是投机取巧的。丙崽说"爸爸"可能因为他对于大家给他的食物很满意，他指向一个房子的屋檐可能因为他听到鸟在房顶叽叽喳喳地叫。然而，我们可以看到，丙崽并不能控制自己的行动：他不能很好地吃东西，而且指向他所听到的声音的相反方向，但听众仍然能够解读他的手势。他指着屋檐，"檐"在某些人听起来像"言"，他们把这理解为去邻村和平协商的一种建议。另一些人认为"檐"听起来像"焰"，于是他们理解为这是建议火攻。最后，他们决定听从那些"在村里有话份"的人的建议，发动了械斗，结果失败了，而且造成了很多人死亡。不管在这情况下，还是在丙崽个人的生活中，这两种相反的意义最终都卷入了无意义的

---

[1] 尤其是严文井给韩少功的一封题为《我是不是个上了年纪的丙崽？——致韩少功》的公开信（《文艺报》1985年8月24日）。刘再复的《论丙崽》将丙崽和阿Q进行了类比。方克强也有类似的看法。

混乱，并且导致了暴力。

在《爸爸爸》中，语言完全依赖于它在社会权力关系中的意义。上面提及的词语"话份"实际上就是当地的俗话，叙述者在故事中很注意解释这一点。这是一个很难定义的概念，但归结为一个人的权力或权威，不是基于他实际说的话，而是基于社会标准，如（男性）性别、年龄、职业、教育、金钱等。仲满享有这种荣誉，但是像仁宝这样的年轻人正在努力获得它。叙述者花了很多笔墨描写仁宝的这种努力，甚至夸张到了讽刺的程度。仁宝设法凭借他的知识而不是知识的有效性来让人们印象深刻。比如，当他说"保守"这个词时，村民们不知道这是什么意思，他们对它印象深刻只是因为这是一个新词。同样，在他令人难忘的一场演说中，仁宝用了荒诞的推理："昨天落了场大雨，难道老规矩还能用？"他用像"既然""因为"这些通常用来表达逻辑的词来给群众留下深刻印象，并说服他们。以仁宝为例，语言被置于社会动机之下；由此产生的空洞或逻辑的荒谬，是对语言相对性进行讽刺论证的又一例证。❶

就语言而论，梅仪慈指出，由于中国当代作家受到的政治修辞影响，他们对语言的力量尤为敏感。因此，他们会刻意唤起人们对叙事过程和前景语言的注意。❷ 她还以高晓生为例。《李顺大造屋》中的政治语言讽刺比韩少功的讽刺效果更好，或许是因为它更直白地从天真的农民李顺大的角度表现出来。❸ 1998 年，韩少功在回顾时承认，《爸爸爸》中的这些片面讽刺与作品创作时期的主流政治意识形态有关。韩少功认为，在人物仁宝用陌生的词语压倒他人的场景中，他过多地把语言仅仅看作权力关系方面的问题，几乎否认了它的词汇——语义和交际方面。韩少功还说，对于仁宝言辞空洞的夸大（强调谁说比说什么更重要）反映了当时许多国人对政

---

❶ 蔡荣（Rong Cai）觉察到丙崽与仁宝之间的镜像关系：仁宝虽然在语言上有明显的运用能力，但实际上他的修辞就像丙崽有限的语言表达一样空洞。参见蔡荣（Rong Cai）：《危机中的主体：韩少功笔下的残障者》，《当代中国学报》第 5 期（1994 年春），第 24 - 25 页。
❷ 梅仪慈：《意识形态、权力、文本——自我表征与中国现代文学中的农民"他者"》，斯坦福：斯坦福大学出版社，1998 年版，第 47 页。她还简要地引用了李陀的"语言的反抗"。
❸ 梅仪慈：《意识形态、权力、文本——自我表征与中国现代文学中的农民"他者"》，斯坦福：斯坦福大学出版社，1998 年版，第 156 - 163 页。

治语言的体验。❶

关于语言主题的例子显示了与上文所述的民间传说描述中相同的村民的暴力、无知和被动；它们支持了故事的整体主题——文明的衰落。在这方面，在情节层面上具有重要意义的是，在这部中篇小说的结尾，村里仅有的两位文人无法扭转族群的衰落，而丙崽这个没有语言的"原始人"却奇迹般地在灭绝仪式中幸存了下来。原始生存，文明消亡；自然征服了语言。❷ 然而，在本研究中更重要的是，除了上述发现的主要情节线的循环性，我们还可以看到主题的循环性：这部中篇小说开始和结束于丙崽，他体现了支配文本的对立面的相对性。这部中篇小说实际上是从介绍丙崽的诞生开始的，并立即聚焦于他独特的语言使用和他随后的命运：丙崽无论使用哪一种表达方式，都会遭到村民的殴打，以及他名字的无足轻重，这些都出现在第一章的前几页。这一起始部分，可与《归去来》中更抽象的开头相媲美。

鉴于上述的叙述夸张和片面性，中西方几乎所有的学者和批评家都将《爸爸爸》视为政治寓言是不足为奇的。而且根据大多数人的看法，文中对中国情况的类比是如此的明显，以至于鸡头寨可以看作当时中国的一个缩影，鸡头寨的命运可以看作作者对当时中国黯淡前景的预想。丙崽的例子在这些理解中占据了核心地位。与《归去来》不同，当代分析有条件地支持一种讽喻的解读。然而，笔者有两点需要阐明。首先，这种与中国的类比并不排除韩少功的社会批判适用于其他族群或社会的可能性。韩少功个人对这个故事的评价是，他承认自己的故事可能被解读为"通过楚文化的透镜所看到的一个种族的衰落"的寓言，由此可以肯定地指出这个问题的普遍性来自一个具体的情况。❸

---

❶ 个人访谈，海口，1998年6月。

❷ 对李庆西来说，丙崽的"爸爸"是对祖先和传统的一种暗示。事实上，在这部中篇小说的结尾，丙崽独自活了下来，村庄被摧毁，附近村庄的孩子模仿他的"爸爸"，标志着一个原始人和天真的孩子对传统的盲目延续。这种解释得到了事实的支持，孩子们所重复的"爸爸爸爸！"是这部中篇小说中用黑体字印刷的两个例子之一。另一个例子是丙崽的母亲对儿子说："你要杀了你父亲！"这被解读为丙崽的母亲对传统的反叛。

❸ 韩少功、夏云：《答〈美洲华侨日报〉记者问》，《钟山》1987年第5期。

尽管讽刺几乎排除了其他解读，但我们看到，在对主要人物的描述中，叙述者表现出了超越简单政治评论的同情和敏锐。王晓明注意到，在《爸爸爸》中，韩少功似乎在"政治论述"和"个人记忆"之间摇摆，在"鲁迅的讽刺"和沈从文的"主观浪漫主义"之间摇摆。笔者同意王晓明的判断，《爸爸爸》不如1985—1986年间韩少功其他两部中篇小说成功。在这两部小说中，韩少功似乎毫不犹豫：王晓明把《女女女》看作一个更纯粹的小说实验，而在中篇《火宅》中，韩少功把自己的注意力集中在"直白的讽刺"上。❶ 在《爸爸爸》和《女女女》之后出版的《火宅》，长度与前者相同，共八章，是对"语言管理局"的深刻讽刺。

《女女女》

正如上面提到的那样，分别于1985年和1986年出版的《爸爸爸》和《女女女》构成姊妹篇，不仅仅因为它们在题目和形式方面的相似性，而且因为它们在主题上互相弥补。韩少功本人也认为这两部作品在主题上互补，因为它们分别反映了硬币的两面：《爸爸爸》关注社会历史，《女女女》关注个人行为。❷ 诚然，《爸爸爸》是关于一个群体，其中主要人物由于他们的社会行为而被选择出来，《女女女》是关于人际关系，并且带有明显的自传性质。❸ 前者被置于乡村中，后者拥有一个城市背景。

鉴于韩少功的作品是关于寻根的，这个城市背景可能作为一个惊喜出现。评论家韩抗诙谐地提出，以20世纪80年代的城市改革为背景，韩少功想要证明寻根文学不应该简单地等同于"写农村"。❹ 韩少功自己也表示，虽然他偏爱为农村写作，但他也可以写城市，寻根文学写作不仅仅是写深山老林，写文化也不仅仅是写山林。他认为现代性问题在农村普遍地

---

❶ 王晓明：《不相信的和不愿意相信的》，《文学评论》1988年第4期。
❷ 韩少功、夏云：《答〈美洲华侨日报〉记者问》，《钟山》1987年第5期。
❸ 根据作者与杜克的个人交流，《女女女》是"半自传的……"。参见迈克尔·S. 杜克：《重塑中国：当代中国小说中的文化探索》，《问题和研究》1989年第8期（第25号），第43页。
❹ 韩抗：《追求形而上的境界——读〈爸爸爸〉和〈女女女〉》，《中国文学研究》1988年第4期。

更加戏剧化。❶ 因此《女女女》在一定程度上值得我们关注，因为它让我们重新认识了寻根文学是乡土文学悠久传统的一部分这一普遍观点。《女女女》与其说是关于城市本身，不如说是关于城市和乡村之间的关系。接下来的分析将表明小说对于包括城市和乡村二元对立在内的各种二元对立的有效性提出质疑。而在《爸爸爸》和《归去来》中盛行的相对论精神也体现在《女女女》中。

成对对立

像《归去来》《爸爸爸》一样，《女女女》的情节线索也很简单。在幺姑死后两年，叙述者"我"——毛佗开始反思与她的关系。这一关系中的重要事件是幺姑的中风，这让她的性格发生了巨大的改变，从一个谦卑朴素的人变成一个身体上无助却又强势、苛求的人。因此，"我"和妻子觉得不能再在城里照顾她了，于是决定把她送到乡下另一个姑姑那里。在那里她的处境更糟糕了，成为一只在兽笼里的动物，后来变成了一只猴子，最后变成了一条鱼。她死后，叙述者"我"去乡下参加她的葬礼。"我"对姑妈的感情与"我"对已故父亲的故乡（乡村）的不安对抗交织在一起，使"我"的意识出现了某种顿悟。

故事情节通过对人物的刻画以及许多题外话和奇闻逸事以一种间接的方式展开。叙述也频繁快速地从作家的现在转换到过去；倒叙则在文中占了更大部分篇幅。因此，小说最突出的部分是我们前面探讨过的成对对立的相对性。像《归去来》一样，这个故事也有一个第一人称叙述者，同时也是故事的主人公。因此，在描述与其他人物的交往中，读者显然了解了很多关于叙述者的信息，叙述视角更加主观，因为毛佗是一个常常对自己的想法和感受提出质疑的爱思考的知识分子，他也很容易受周围环境的影响。大多数批评家都赞同这一点，除此之外，董之林还将这部作品叙事结

---

❶ 个人访谈，海口，1998年6月。

构的跳跃、联想与主人公的心理状态联系起来。❶

在第一个层面上，人物间的关系可以体现相对性，尤其是叙述者与其他人物间的关系。主要人物除了他和幺姑之外还有老黑和珍姑。老黑是幺姑的干女儿，一个现代独立的年轻女性；珍姑是幺姑的"结拜姐妹"，曾在乡下照顾幺姑的传统农村妇女。总的来说，"我"被这三个女人包围着，我们把毛佗与老黑的关系看作对现代化的不确定；与幺姑的关系体现了在革命的正统中对传统的不确定；与珍姑的关系则体现了对传统农村价值观的不确定。❷ 因此，鲜明对比的例子之一就是幺姑和老黑的关系。她们的性格和个人经历实际上贯穿了整个中篇小说。让我们考虑一下这个有关老黑和幺姑的镜像，同时考虑一下叙述者"我"的角色，也就是他和这两个女人的关系。

在前面两章中，第一章基本上全在写幺姑，第二章介绍了老黑，这两章刚好形成一种基于传统与现代的对立。第一个对比出现在第一章最后一段和第二章的开头段：幺姑没有孩子，她是一个"不育的女人"，这悲惨地决定了她的生活（从她出生的社区被驱逐出去）；而老黑则证明她很有生育能力，但对堕胎却不以为意。第二章继续对比自制的、谦卑的幺姑和被解放了的、开放的、不受束缚的老黑（尤其是她与男人之间随意的关系），对比简朴的幺姑（着迷于节约废纸和空瓶子）和颓废的坚持享乐主义的老黑（一度负债累累），还对比了幺姑对于社会要求的服从和老黑自傲的独立性。老黑的现代性与西方文化密切相关：老黑不穿"中国制造"的衣服，偶尔说英文。相反，幺姑的农村出身得到了强调，她的顺从和节俭显示出她似乎深受传统的影响。

同时，某些事情又把她们放在了一起。首先，很显然她们是养女和养

---

❶ 董之林：《镜子与调色板——重读〈女女女〉》，《文艺争鸣》1994 年第 5 期。
❷ 这部中篇小说标题中的三个女，通常被理解为这三个女性角色。迈克尔·S. 杜克（Michael Duke）提议将"女女女"翻译为"三个女人"［迈克尔·S. 杜克：《重塑中国：当代中国小说中的文化探索》，《问题和研究》1989 年第 8 期（第 25 号），第 41 页］。然而，即使直译出来的"Woman Woman Woman"可能不太好听，而"三个女人"却丢失了一个语义维度。事实上，"女"并不是指"女人"，而是指"女性"这一属性。这样看来，除了提及实际的三个角色之外，这个标题还包含了"三重女性"的概念，即在"女性的三个方面"这一意义上。

母的关系，基于她们的不同之处，毛佗发现这很讽刺。而且，老黑很爱也很关心幺姑：有一次老黑还因为自己对天真的幺姑做错了事而哭泣。"我"甚至觉得老黑能够比"我"和"我"那些有知识的朋友们更能照顾好幺姑，当她为幺姑读高尔基的《母亲》（这个标题在这里肯定不是巧合）时，其他人漠不关心甚至取笑她。而且，两个人都是行为固执之人，主要是由于她们与犹豫不决的主人公形成了巨大的对比。幺姑和老黑在情节层面是联系在一起的。"我"猜测可能是老黑引起了让幺姑致命的中风：她可能在与幺姑争论她的一个男朋友的问题时惹恼了幺姑，这也再一次显示了她们矛盾的伦理道德观。最后，小说接下来的一章，通过刻画一个像幺姑一样的长了白头发，有一张布满皱纹的脸的老黑把这组对立结合在一起。同样跟在兽笼里的幺姑一样，老黑请求毛佗，即"我"来"填补她与日俱增的空虚"（因此"我"对这两个女人的感情，以及她们对"我"的感情有助于把这些对立结合起来）。以不同的、完全相反的方式，两个女人都终于孤独和虚弱。她们的命运可能与她们都没有孩子的事实有关，尽管方式不同；正因为如此，幺姑和老黑一直都是独立的女性。叙述者"我"强调了她们命运的相似之处，最后，老黑和幺姑一样，看起来像条鱼。

  以小说为中心，毛佗和幺姑的关系也表明了两个极端的相对性：他们的关系是一种爱和恨的关系。小说详细表现了毛佗是如何被幺姑激怒，有时接近于疯狂状态的。这开始于幺姑的耳聋，迫使毛佗大叫。她死后多年，他依然无法摆脱这个习惯。有两个令人难忘的场景，她典型的固执让他抓狂。当她做饭的时候，他担心她可能会用刀割伤自己，接着想象她实际上是在残忍地屠戮自己，但什么都没发生。当她买回已经臭了的鸡蛋时，为了不浪费，她坚持无论怎样都要吃了它。为了不让幺姑生病，毛佗想改变她的主意，却失败了，幺姑最终还是这么做了。在这两个场景中，与其说是幺姑的行为，不如说是毛佗的过激反应以戏剧性和喜剧性的细节展现出来。毛佗怀疑幺姑故意对他展开心理战，这是一种完全的偏执。有时他的想象力几乎占据了主导，就像刚才提到的屠戮场景一样。他反复

想：" 也许我有什么问题？" ❶

毛佗和他的姑妈之间的矛盾态度被他发现的许多相似之处所击垮，这常常使他非常沮丧。举个例子，他像幺姑一样，不停地检查时钟，甚至只有当家里的时钟和手表与电视屏幕上显示的时间吻合时，他才会感到安心。在小说中，毛佗常常以一种相对的方式来比较自己作为一名知识分子的生活与幺姑的生活。他自嘲地声称，他与他那些知识分子朋友一边喝酒一边抽烟，且反复不断地谈论政治，这可能和幺姑那些不合逻辑的顽固习惯没什么区别，比如她过分的节俭，比如把用过的纸张和玻璃瓶存起来，或者她坚持检查时间。他的理智主义是他们对抗的核心方面。幺姑的耳聋让她提前预料别人的话，这导致了荒谬的误解。毛佗注意到，通过这样做，她"试图表明一切都是有逻辑的"，即使在毛佗的思维中是没有逻辑的。这种逻辑与非逻辑的相对性并不是无缘无故的，但由于随后出现的幽默情景和对话，这确实成为他们之间关系的生动的一面。像在《归去来》和《爸爸爸》中一样，幽默在这里又一次被韩少功当作正确认识事物的方式。偶尔，幺姑的逻辑确实令毛佗信服，或者至少让毛佗印象深刻，比如当她对社会技术进步发表意见时，当她被告知将来机器人会帮她洗碗，她说道："有这么好？那人只死得赢啰？"毛佗接着说："众人都笑起来，不觉得这句话寓含了什么警世的深意。" 事实上，人们认为逻辑性和深度来自知识分子，而不是幺姑，这也是相对性的另一个例子。❷

幺姑的变形是两个对立面结合的又一表现。她完全变成了自己的对立面，从自我牺牲变得极度贪婪，从简朴变得对食物吹毛求疵。文中很多地方暗示，由于中风，幺姑内心被隐藏的部分浮出表面。比如，一个亲戚说这可能是"讨账瘫"。毛佗的意思是，幺姑可能会索回曾经自我牺牲给过别人的东西。"瘫痪"本身也揭示了幺姑性格中另一个矛盾的方面：她变

---

❶ 叙述者的偏执逐渐与他对待姑妈的内疚交织在一起。他的罪恶感加重，并以许多夸张的方式表现出来。例如，他想象幺姑（在她变了样后）固执地敲桌子以引起注意，这给公寓里的邻居们带来了各种麻烦。

❷ 另外，在《庄子》中，把智慧的话语放进疯子的口中是一个熟悉的主题；我们也会想到屈原，甚至鲁迅的《狂人日记》。参见麦约翰：《传统和革命之间——中国作家韩少功的作品》，《早报》（比利时）；1996 年 7 月 5 日。

得如此虚弱，几乎迫使身边的每个人都伸出援手。从某种意义上说，她善于在被动中操纵人。韩少功用社会或政治批评的方式解释了这一转变：幺姑受到了革命精神的制约——节俭、自我牺牲和集体思维，这只是一层薄薄的外衣，掩盖着本能或以自我为中心的人类需求，而这种需求往往以（突然）暴力来表达。❶ 幺姑对于集体命令和运动的盲目服从正体现了这一点。❷ 然而，韩少功表示，他对"结果"更感兴趣，而不是原因：一个人从个人品质与社会品质、自然需求与文化需求之间的分界线的跨越。❸ 正如《爸爸爸》和《女女女》，个人身份问题取决于个人的环境（与环境的互动）。因此，这篇小说不仅仅是对某种荒谬的政治立场的说明，更是对这个问题的哲学思考，更准确地说是对叙述者和他姑姑间关系的思考。❹ 此外，无论变形是多么难以理解或不现实，故事的大部分都试图通过叙述者"我"的理解来解释它。在他发现幺姑在浴室中风的那一幕中，变形之于"我"的亲密意义就被预示了。在震惊中，他也意识到自己在那一刻看到她的方式的象征意义：他看到她在洗澡时一丝不挂，并认为他看到了"真实的她"。看到幺姑的女性气质，他吃了一惊，这进一步强化了他的这种感觉。他注意到幺姑的腿"似乎还蛮够格去超短裙下摆弄摆弄……老黑也有两条很好看的腿……"，由此，他将两个截然不同的女人再次结合在一起。❺

像幺姑一样，老黑也不是只有单面性格的人；她们两个的性格中都同时具有看起来十分矛盾对立的方面。老黑大体被刻画为具有鲁莽和粗暴的

---

❶ 参见韩少功《女女女》法文、荷兰语译本前言（见韩少功：《女女女》，安妮·居里安译，巴黎：菲利普·皮奎尔出版社，1991年版）。也见韩少功后来发表的一篇中文文章《比喻的传统》[见韩少功：《韩少功散文》（上），中国广播电视出版社，1998年版，第234—237页]。

❷ 参见"向焦裕禄学习"一段（韩少功：《归去来以及其他故事》，张佩瑶译，香港：Renditions出版社，1992年版，第104页）。

❸ 施叔青：《鸟的传人——与湖南作家韩少功对谈》，韩少功：《谋杀》，台北：远景出版社实业公司，1989年版，第24—25页。

❹ 王晓明注意到，韩少功已写过一个与幺姑非常相似的角色，在更早的故事《火花亮在夜空》中。这个故事读起来确实像是对社会正义的感伤恳求，当然也符合当时文学的潮流（参见王晓明：《不相信的和不愿意相信的》，《文学评论》1988年第4期）。有趣的是，韩少功是如何用不同的方法来重新组织素材的：从一个政治的角度，到一个更加个人主义的角度。参见第三和第四章。

❺ 此外，主人公在浴缸里看到幺姑是具有象征意义的，因为水代表阴，代表女性的性欲。在小说的结尾，当主人公去拜访老黑时，她刚洗完澡，挑逗地要他给她一条毛巾。在这里，女性气质通过水和阴将两个女人连接起来。

性格，但是我们可以看出她也可以充满爱和依赖。文章从不同方面表现她粗暴的一面：比如她对"软弱男人"刺耳的批评，以及对待她干妈病情的宿命论的态度。毛佗对她说的话很震惊，她说幺姑"必须死"而且建议人为地结束幺姑的痛苦（"我们弄出个自杀的现场根本不成问题"）。❶ 她性格的两方面都很极端；毛佗一度暗示，她毫不妥协的诚实将这两个对立面联系在了一起。❷

相对性

对立面的相对性也出现在故事中更深更含蓄的层面上，比如重复，为这个主题创造了更多的连贯性，就像笔者在短篇小说《归去来》中展示的那样。首先，有一个反复出现的关于耳聋的比喻。幺姑的耳聋迫使她抢先说出别人的话，从而导致经常性误解，这一点在描述她和毛佗的关系时尤为突出。例如，她使毛佗养成了大喊大叫的习惯，即使在他应该说一些安慰的话或秘密的事情时也不例外。此外，耳聋似乎是家族遗传，而他们的祖先世世代代都在互相大喊大叫，这促使讲述者自问："听不见，才叫喊，还是因为叫喊，才听不见呢？"❸ 还有很多例子。珍姑和她的两个儿子通过一系列"实际劝说"把幺姑变成了一个驯服的野兽。所谓的"技术革新"，如刮掉她的头发，从她的木条床上取下床垫以保持卫生，建一个笼子保护她等，据说会带来方便（对谁来说？），但最终会造成非人的环境。同样地，农村的孩子们似乎更同情幺姑，在和她玩的时候（给她洗衣服，给她穿衣服）很照顾她，而大人们却忽视了她，这一事实表明，孩子比大人更

---

❶ 有一次，毛佗突然想，也许"幺姑在蒸汽中死去就好了"，他意识到："一个月零三天，就是我与老黑的区别吗？"在这里，他和老黑的距离又被打破了。

❷ 珍姑在这部中篇小说中扮演了一个较小的角色，但至少在叙述者的心目中，她也有矛盾的一面。善良、体贴的珍姑在乡下照顾幺姑，最终成为杀害幺姑的凶手。毛佗对这位好客善良的农村妇女表示同情，但幺姑的死如此神秘，他可以很好地想象，同样爱恨交织的这个女人，可能结束了幺姑的痛苦，也结束了她自己的痛苦。老黑说幺姑"必须死"的这句话，其实是一种预言，而珍姑则应验了这句预言。

❸ 张佩瑶把"他们"翻译成了"我们"。这段中文原文中没有人称代词。令人不安的俏皮话，往往在一两句话的段落中被突出，这是韩少功的典型风格。

懂得文明。毛佗对幺姑在笼子里生活的反思常常有一种相对性。例如,他问自己:自由的意义是什么?谁是不自由的,是关在笼子里的人,还是那些在笼子外面的人?有趣的是,其中一些例子涉及地域文化。在小说前面我们了解到,在幺姑的家乡,男女称呼的方式颠倒了,因此,幺姑实际上应该被称为幺伯。在同一地区,"苦"这个词用来表达其他地方"咸"的味道。这些小事件进一步强调了中心主题,但在故事中并没有起到重要作用。不过,它们的意义只是从相对性主题中获得的。

最后,小说整体的故事情节为相对性主题提供了重要证明。从幺姑中风和变形开始,这个自制的女人内心被隐藏的原始性就显现出来了。她索求的本性不只一次被比作孩子的行为(比如她把床单弄脏的形象)。在乡下的那个笼子里,毛佗提到,她后来看起来像一只猴子,最后看起来像一条鱼。❶ 许多批评家注意到,韩少功使幺姑以颠倒的顺序穿越了人类的进化过程。这本身可以被看作一种庄子相对论与时间概念的游戏。❷

此外,这条情节线可能是理解小说结尾末世启示和意识流的唯一途径。对幺姑葬礼的描述与一段梦幻般的经历交织在一起,在这段经历中,毛佗感觉到了地震,看到了洪水般的老鼠群。在这种天启的景象中,毛佗吟诵着中国古代历史、哲学和神话,最突出的是盘古的创世神话。❸ 有趣的是,在这个序列中,各种对立的事物相互对立,相互取代。创世神话使得幺姑的死("结束")和世界的起源("开始")重合。事实上,在这种意识流式的启示中,以未完成的句子和未回答的问题为特征的大部分支离破碎的思想都与时间有关(古代、永恒、死亡、不朽)。在这一节的结尾,对立的游戏在以下片段中得到了具体的体现:"……一切播种都是收获不是收获,一切开始都是重复不是重复……"早前提到的"太极的完美和谐",是传统的阴阳象征,这并非巧合。❹

---

❶ 对许多评论家来说,幺姑的转变包含着魔幻现实主义的元素。然而,正如第一章所说,我们也可以想到中国传统奇幻文学的影响。第三章对此有更多讨论。

❷ 个人访谈,海口,1998年6月。

❸ 这个盘古的身体的所有部分都变成了自然元素。

❹ 引人注目的是,普拉克斯将阴阳二元论追溯到中国神话。参见浦安迪:《〈红楼梦〉中的原型与寓言》,普林斯顿:普林斯顿大学出版社,1976年版,第11-26页。

在中篇小说的结尾,叙述者"我"的彻底混乱得到了默许。好像在跟幺姑说话,他若有所思:"没什么好想的……现在我总算豁然彻悟……吃了饭,就去洗碗。就这样。"以上话语呼应和重申了相对性游戏主题,并贯穿整个中篇小说的始终。进一步的证据来自中篇小说的主题开头,类似于《爸爸爸》。文章以耳聋开始,耳聋是毛佗和幺姑之间持久冲突的一部分;前面引用的那句话"听不见,才叫喊,还是因为叫喊,才听不见呢?"——也出现在第一页。此外,在第一页对幺姑的介绍中,提到了当地男女称呼方式的混淆:毛佗的阿姨先被称为"幺伯",然后被纠正为"幺姑"。在这部中篇小说的最初场景中,这两个重叠的相对性实例(一个是关于语言的)显然包含了整部小说更大的主题。

寻　根

中篇小说结尾的世界末日场景为讨论寻根和"感时忧国"问题提供了丰富的素材。它在一个很短的篇幅(第七章)中包含了对中国文化的大量引用,其中一般性文本包含了比《归去来》和《爸爸爸》更少的内容。除了上述元素,还有陶渊明的"桃花源"和韦应物的"野渡空舟"等文学典故。然而,这些文化参照最引人注目的是:它们的表述如此零碎。由于《女女女》是从毛佗的角度写的,我们可以得出这样的结论:中国传统在像他这样的现代知识分子的头脑中只能以碎片化方式呈现。这个场景中最突出的是一堵墙倒塌的画面。这堵墙出现在中篇小说的开始部分,当毛佗准备乘船去乡下旅行的时候,当地船夫向乘客展示了沿河所谓的"小长城"。毛佗是唯一看不见的乘客,他问自己:"难道他们的眼睛和我的不一样吗?"这句话点明毛佗局外人的身份,但它也可以被解读为一个隐喻,隐喻现代城市知识分子对传统的疏离,而农村人仍然可以接触到传统。❶

---

❶ 幺姑的死与长城的倒塌不期而合,这可能为另一种解释提供了空间:传统的不孕妇女的死亡可能代表了中国传统的普遍衰落,而她唯一的(准)后代老黑没有孩子的事实,对其未来来说是一个不祥的预兆。由此看来,老黑关于幺姑"必须死"的言论,也可以看作是对传统的一种毁灭。这种解释与《爸爸爸》中丙崽的母亲想让儿子杀死父亲的说法相呼应。

无论如何，在本书中，就哪种解释更具可能性而言，从文本整体结构一致性的证据出发要比单一隐喻的解释更可靠。因此，刚才提到的"局外人母题"值得关注。

除了这个场景，许多批评家关注到主人公毛佗回到老家的过程，以此来追踪韩少功文学作品中的寻根思想。他们强调城乡对立，强调主人公鲜明的城市身份和他拜访的乡村之间的对立，❶ 而且还强调主人公承担起了个人寻根的任务：他来到他死去的父亲的故乡。父亲和父亲的死在小说中被精心刻画。❷ 这些观察结果显然是有道理的。然而，主人公对农村不熟悉，对父亲冷漠，这一点却没有得到足够的重视。通常，人们不否认这样一种疏离感会引起寻根。许多致力于寻根文化的批评者指责小说具有保守性以及留恋过去、传统和乡村社团的反动性，但基于强烈的疏离感和挫败感以及像在《爸爸爸》和《女女女》中有关"寻根"的令人不安的结果，这类批评是可以被驳斥的。

毛佗总是把乡村描述成陌生的，从他这个外来者来看，这在文中是可信的；没有异乡情调，因为这种陌生性实际上根植于主人公公开的、明确的主观性。比如《归去来》中，通过适时的、偶尔幽默的重复，运用异乡情调的细节来突出这个外来者的主题。这次旅程本身在文中就占据了大量篇幅。首先，它是以一种意识流的方式被描述的。这看起来像一个叙事技巧：读者只知道旅程的目的地，也就是幺姑的葬礼。至于在《爸爸爸》中，读者一直跟随着几乎同样"无意识"的主人公进入未知的旅程，这就带来了引人入胜的阅读体验。其次，对于这个旅程的描述包含着对通向未知地的道路的许多幻想。河流本身对于发现之旅也有象征性意义。此外，书中还详细描述了必须渡过的危险急流，并提到了沿河的山脉，这些山脉在乘客面前呈现，在他们身后消失，就像大门一样。

同样地，毛佗也不记得他的父亲，他的父亲在"文化大革命"期间突然失踪，当时毛佗还是个孩子。但是，"这真的很重要么？"他问道，因为

---

❶ 王晓明：《不相信的和不愿意相信的》，《文学评论》1988年第4期。事实上，王晓明在韩少功的所有小说（1986年以前的创作）中都强调了这一点。

❷ 董之林：《镜子与调色板——重读〈女女女〉》，《文艺争鸣》1994年第5期。

他从来没见过他的祖父和祖父的父亲。毛佗说他只是"在履历表上永远与我有着联系的人"。父亲"总爱嘀嘀咕咕",这使得其形象更加难以把握。得知自己来自农村,毛佗出现了一种幻觉:所有的人都认识他,而他一个人都不认识。这有点类似《归去来》,但其中的联系并不是家族血统,而是主人公或他的替身的知青时期。在《女女女》中,毛佗甚至认为有人在叫他,或者"某人"(在文本中强调)在等着他。他的幻想加剧了他对家庭和这个地区的疏离感。他注意到那个村子里的人说话口音跟他的父亲一样,但也仅限于此。他被告知有一栋房子曾经是他父亲的房子;他被如此随意地告知,更增添了疏离感。疏远感通过对琐事的描述得到了凸显,比如尿桶和一个哭泣的女人(在第七章中),这些事物被注意到似乎仅仅是因为它们在陌生环境中给人的熟悉感。

村民们在毛佗介绍自己以前就已经猜到了他是谁。由于他不认识他们,这对他来说是一次不安的经历,就像《归去来》中的叙述者一样。好像是为了让故事看起来更加真实,韩少功幽默地让其中的一个人不认得他,然后其他人就为这个人介绍毛佗。毛佗觉得当地人一双双犀利的眼睛在打量自己,这一点用社会批评的观点做出了解释:只有这些村民才能那样冷酷无情,因为他们过去已经看过太多残酷的事情。这是一种艺术效果:韩少功将一个外部现实(无论真假)和主人公的内在感知(他的幻想)联系在一起,增加了前者在文中的可信度。

正如笔者之前在探讨《女女女》中三个女性人物形象时所说的那样,毛佗对于自身身份是不确定的,而且他很容易被每个女性所影响。类似地,毛佗在回乡过程中,似乎也处于身份危机中。毛佗在现代与传统、老黑与幺姑、农村家庭血统与城市知识分子身份之间"辗转"。这些对立相互重叠:我们很难认为认同危机仅仅是由地域文化引起的。因此,小说刻画了一次没有结果的身份"寻根",就像在《归去来》中一样,主人公最终陷入对身份的困惑中。去往乡村的这次旅行并没有指明在建立身份的过程中地域文化发挥了直接作用。而且这两个故事没有一个是主动展开的有意识的寻根之旅,身份困惑只有在行进过程中才出现(就像在《归去来》中为了一个模糊的梦幻般的目的和在《女女女》中为了参加一个葬礼)。

旅程所发挥的唯一作用可能就是使主人公意识到一些问题。在小说中，城市不只一次被描述成忙碌、热闹的环境（例如，毛佗骑摩托车时，大桥像紧张地拉开的弓弦），使主人公没时间去思考这类问题。然而，正如《归去来》一样，《女女女》中的主人公最终也回到了城市，两个故事从城市开始，在城市结束。但是这种回归不是源自某种价值判断，也不是说城市和乡村哪个更好。相反，远离了这些问题，而转向日常事件时得到了妥协和智慧，那就是一个人必须吃饭、洗碗，"就这样"。

结　论

上面的分析表明，相对性问题的确是韩少功三部著名小说的核心内容。以这种阅读方式，这些文本证明它们是完全结构化的作品。全都有循环结构和主题性开场场景：《归去来》中人物的相对性，《爸爸爸》中的语言、传统与现代的相对性，以及《女女女》中的个人关系、传统与现代的相对性。此外，在文本的不同层面上的重复，带来了整体的连贯性。[1] 乡土文化和民俗题材作为寻根文学的典型特征，并不是为了异乡情调或民族主义认同，而是以母题和意象的形式为故事的主题服务。

根据韩少功相对性观念，身份、传统、现代性这些问题的提出和强调，为反对在第一章讨论过的基于文化理解的一些结论提供了证据。《归去来》并不是对中国地域民俗文化的直接认同，而是对建立个人身份的问题——实际上是不可能的或徒劳的——进行了探索，强调了它的社会和文化维度。在《女女女》中，社会层面大大超过了文化层面，对于身份的探寻依然是不确定的。这在一定程度上是因为两个故事中的主人公从头至尾都是当地文化的外来者——他们是来到乡下的城里人，最后只会再次离开。在下一章中我们将会看到韩少功有意识地在他的作品中揭示外来者母

---

[1] 安妮·居里安发现了韩少功创作中类似的主导性层面（具体而间接地提到《女女女》）；她称之为"主题和形式上的对峙"和"多种逻辑的思考"。

题,尤其是在他的长篇小说《马桥词典》中。❶

《爸爸爸》以其对社会和对现代中国困境的讽喻而从三部作品中脱颖而出。之所以能够进行讽喻解读,不仅是因为使用了典型的中国题材,而且最重要的是叙事视角上的不一致,即外部叙述者不时脱离无所不知的角色,进行片面的讽刺评论。因此,《爸爸爸》并没有呈现出《归去来》和《女女女》中第一人称叙述者显著主观性所带来的模糊性。在《爸爸爸》中的相对性游戏也不如《女女女》那么令人信服。在这里,浦安迪互补二元性的想法在故事主要人物的配对中明显地体现了出来:对立的事物被对比,并以多种重叠的方式结合在一起。

在这三部小说的基础上,笔者认为,韩少功的作品并不代表"民族主义""文化主义""倒退"(向传统、向过去)、"内向"(向中国文化、远离西方影响)和"向下"(向农村、向旧文明)的运动。这是各种评论常有的结论。表面上来看,有人可能会说,韩少功的虚构作品违背了他《文学的"根"》中的理念。而且,在他的小说中,他对自己的寻根理论提出了质疑。然而,如果我们看看韩少功在随后的文章和第一章中讨论的访谈中出现的关于文学传统和创新的思想,就会发现,相对性正是韩少功有关寻根广义理解的核心,这支配了相关文本,并削弱了迄今为止大多数学术讨论中有关寻根的狭隘定义。在对这一定义进行了批判性的重新评价后,接下来的章节将探讨韩少功这三部著名作品的主题在 1985—1995 年的其他短篇小说(第三章)和 1996 年的小说《马桥词典》(第四章)中重现的程度。

---

❶ 王晓明也承认韩少功在 1986 年之前的作品中以城市局外人为主题,并认为这是对韩少功寻根理论的背离。参见王晓明:《不相信的和不愿意相信的》,《文学评论》1988 年第 4 期。

第三章 这个世界及其颠倒：短篇小说和中篇小说（1985—1995 年）

1974 年，韩少功发表了他的第一部小说。从 1979 年开始更加多产，先后在《人民文学》等著名文学杂志上发表作品。1980 年和 1981 年获得全国优秀短篇小说奖，并在 1981—1983 年完成了他的第一部文集。1985 年是韩少功写作生涯的转折点。这不仅是他成名的一年，而且从这一年开始，他的文学创作与早期有了很大不同，具有很大的突破性（在上一章中讨论）。对比韩少功 1985 年前后的作品，刘绍铭如此评价韩少功作为作家的发展历程："在一段时间内，由于政府干预的减少"，韩少功从 20 世纪 70 年代中期的"不情愿地传播党的真理的人"到 70 年代末 80 年代初成为一个热衷于政治的作家、社会弊端指责者和讽刺家，最后，在 80 年代中期，变成了一个"痛苦的寻根者"和"自我焦虑的独语者"（而不仅仅是"意见的传声筒"）。❶ 韩少功最著名的中篇小说《爸爸爸》《女女女》和短篇小说《归去来》的确与他早期的作品形成了鲜明的对比，反映出他越来越关注主观表达及其形式：关注如何写作的问题，而不是写作的现实主义标准；韩少功自己也承认这种关注点的转变。❷ 1985 年也是中国当代文学的分水岭，见证了实验性写作和中国文化论争的兴起。❸ 这可以通过 1983—1984 年的"清除精神污染"运动的结束，让位给一个艺术相对自由的新时期来解释，即以"放"代"收"的政治干预政策。韩少功的第一部长篇小说《马桥词典》出版于 1996 年，可以看作韩少功走这条新路的阶段性产物：这部小说，以词典的形式进行写作，将他的实验性写作形式推入了一个更高的境界，同时，他前期创作的很多主题都汇聚于此。

---

❶ 刘绍铭：《韩少功 1985 年后小说中的往事探访》，魏爱莲、王德威编：《从五四到六四》，剑桥、伦敦：哈佛大学出版社，1993 年版，第 21-23 页。
❷ 个人通信，巴黎，2000 年 3 月。
❸ 评论家李陀写了一篇题为《1985》的文章，论述那一年文坛的变化。参见李陀：《1985》，《今天》1991 年第 3 期。

就中短篇小说而言，1985—1995年可以说是一个完整的时期，因此，本章有理由对这一时期进行共同讨论。这里不详细讨论韩少功的早期著作。韩少功通常会与这些文本保持距离，认为它们不成熟。笔者同意韩少功和刘绍铭的观点，这些文本可以归类为被政治影响很深的"伤痕文学"或知青文学，它们描绘了下乡知识青年的生活。这类作品是传统的，几乎不能发出一位作者独立的声音，更不用说深入的文本分析，也不会给这些体裁增加任何新的见解。然而，它们确实包含了特定的主题、场景和人物，与后来的文本有明显的相似之处，但由于它们是用现实主义风格写的，更多强调的是内容和情节，而不是诗意的动机或语言的使用，就像韩少功的后期作品一样。在某些情况下，韩少功似乎从1985年开始从新的文学角度重写了旧的题材。

这一章的故事安排是主题式的，时间顺序是次要的。在韩少功1985—1995年的作品中，没有明确的时间发展来证明严格的时间分类是合理的（除了两个例外，这将在分析中讨论）。故事按照三个主题进行编排：身份、现实与想象、元小说。故事主题有重叠：有些故事可以分为两个或三个提到的主题。在这些情况下，故事要么在最引人注目的主题下进行讨论，要么在不同的主题下（更简短地说）重复出现。这种重合并非巧合：笔者想表明这三个主题确实是相互关联的，并在韩少功全部的作品中表现出统一性。笔者以一种有目的的顺序来处理这些主题，使它们在分析中变得清晰。这些主题是按照笔者在前几章中阐述的方法建立起来的：从结构角度来看，笔者认为把每个文本看成一个连贯的整体，每个文本的结构都指向一个特定的主题。换言之，这些解读不是从一个特定的角度进行的，如政治寓言或心理解读；笔者认为，这种解释可能只对部分文本作出澄清，只是对笔者的分析的补充。

身　份

韩少功小说中的身份主题与个体及社会环境密切相关，这一点我们在前一章中已经看到。这个主题有两种表现方式。韩少功的其他一些故事都是从局外人的角度来处理这个问题的：它们聚焦于一个第三人称的主角，一个孤苦者或一个与周围环境隔绝的残障者；我们在《爸爸爸》和《女女女》中见过这种类型的角色。其他故事是从第三或第一人称主角的内心来处理的；这些故事也包含了精神错乱或病态的因素，尤其是在偏执狂的主题中；这些类型与《归去来》中的情况类似。

孤苦者

文学批评家常常注意到韩少功喜欢刻画残障人士和怪物形象，如早期故事《风吹唢呐声》中的聋哑主人公、《爸爸爸》中的丙崽和《女女女》中的幺姑（包括她蜕变前后的形象）。❶ 在前两个故事中，社会交往似乎是隐含的主题：对于哑巴德琪的同情和对丙崽的讽刺。虽然幺姑的舞台背后似乎也隐藏着社会交往，但叙述者—主人公的视角主要指向的是个人关切，以及对个人自由和遵守社会规范的更多存在主义思考。❷

如果你把这些故事和《蓝盖子》❸《人迹》一起读，那么这种个人的、存在主义色彩就更加明显了。❹《蓝盖子》是一个框架式的故事。在故事的外部，有一个第一人称叙述者，一个下放的年轻人，遇见了一个叫陈梦桃的男人，他痴迷于瓶盖。在年轻人看来，这"不太正常"。接着，一位不愿透露姓名的当地业余姓氏学研究者向年轻人讲述了陈梦桃的往事，这也构成了有关陈梦桃的内部叙事。第一人称叙述者明确表示，他对第三人称的故事给出了自己的解释，并省略了业余姓氏学研究者叙述中不相关的部分或评论。因此，相当重要的是，关于陈梦桃的"事实"被过滤了两次，

---

❶ 杜博妮、雷金庆编：《二十世纪中国文学》，伦敦：赫斯特出版公司，1997年版，第405页。

❷ 我们再一次看到韩少功作为作家在1985年前后的转变：从《风吹唢呐声》（1981）中的政治参与，到《爸爸爸》（1985）、《女女女》（1986）表现更多的存在主义主题。

❸ 标注日期为1985年1月，第一次出版于《上海文学》1985年第6期（与《归去来》同期）。

❹ 标注日期为1987年5月，第一次出版于《钟山》1987年第5期。书名的字面意思是"脚印"。

强调了韩少功文本的主观性,这对文章的结尾起到了一定作用。

陈梦桃曾在苦役场待过几年,在那里被派去搬运石头。这份工作对他来说太"重",管理人员让他去做一些比较"轻"的工作——埋死人。我们可以从韩少功后来的评论中看出,反讽才是他的目的:起初,陈梦桃很害怕这些尸体,但渐渐地,他在照顾这些尸体方面变得异常熟练。然而,当一个一直睡在他对面的床上、身份不明的同事去世后,他的恐惧又回来了。尽管这个人并没有和他很亲近,但陈梦桃似乎被"莫名的负罪感"所吞噬,他开始照顾房间里所有的同事,为他们洗衣服、整理鞋子,这种夸张的方式让大多数男人很恼火。一天,他为同事们开了一瓶酒,瓶盖被震飞了,他试图找回瓶盖,但没有成功——消失的瓶盖终于使他疯了。[1]

此时,内部叙事结束了,读者又回到了第一人称叙述者的外部叙事,他被陈梦桃的故事搅得心神不宁。然而,业余姓氏学研究者认为,这只是一件逸事,并要求第一人称叙述者给他讲一个故事作为回报。但后者仍然无言以对,并将他对词语的寻找比作陈梦桃寻找丢失的瓶盖。因此,陈梦桃的处境被比喻,或者至少与第一人称叙述者的困境有关,这使得故事不仅仅是一个关于蠢人的煽情故事。

这有点类似于《女女女》,主观性的叙述者并没有被排除在伤害之外:孤独的陈梦桃感到"莫名其妙的内疚",而"我"(也是一个孤独的人?)也有同感——或许所有人都有同感,因为在"我"将陈梦桃的瓶盖和他的话进行比较之前,他环顾整个村庄的屋顶,若有所思地认为这些屋顶就像暂时停泊在这里的帆船,"静悄悄地来了,又静悄悄地去"——这是一种普遍存在的短暂人生的景象。翻译家张佩瑶教授从历史的角度解释了"共同的罪恶感":它可能是由"文化大革命"引起的,因为陈梦桃确实在苦役场疯了。[2] 然而,"文化大革命"隐藏在故事的背景中,陈梦桃对尸体的恐惧可以很好地解释为人类对死亡的普遍恐惧。再加上文本最后一段中的

---

[1] 陈梦桃的名字"桃之梦"可能是对陶渊明的《桃花源记》的致敬。在《桃花源记》中,人们去过一次桃花源,之后就再也找不到了。

[2] 韩少功:《归去来以及其他故事》,张佩瑶译,香港:Renditions 出版社,1992年版,第XII - XIV页。

存在主义色彩，我们可以得出结论，张佩瑶的阅读解释是有可能的，但它肯定不是最终的解释。

《人迹》这个故事更多地集中在孤苦者和人群之间的关系上。它的设置类似于《蓝盖子》：一个框架故事，主角的故事由第三人讲给第一人称叙述者，并且再次强调了故事的不可靠性——讲故事的老人还没讲完就睡着了。这个故事里的孤苦者是一个"熊罴"，一种半人半熊的生物，一个毛人。他原来是一个普通的男孩，叫"大脑壳"，因为偷了手电筒，被父亲打了一顿，之后他逃到山里，变成了一个熊罴。他出于内疚而退出社会。韩少功通过将盗窃的琐碎性与父亲不成比例的权威相对立来夸大了这一点。

因为大脑壳很友好，不像其他熊罴那样暴力，所以村民们很同情他并劝他的父亲原谅他，让他可以恢复正常的生活；但父子俩都不愿意。后来，当地干部宣布社会主义社会是一个大家庭，任何人都不应该被排除在外，并决定将大脑壳带回社会。于是，他被迫回到了社会，从字面上来说，他再次成为一个"人"——但过了一段时间，他再次消失了。他们使大脑壳重新成为社会的一部分，这让我们想起《女女女》中关于个人自由与社会联系的悖论。

当地干部的行为，尤其是他们的理由，当然是一种讽刺的论说，但作为一个整体，这个故事有太多的真实性（其微妙的细节）和感人的品质（比如主角的命运），不能简单地把它看作一种讽刺。然而，与《蓝盖子》不同的是，它有一个比存在主义更具有社会批判性的主题。这一点在文章的结尾很明显，读者被带回了外部叙事，第一人称的叙述者得知一只熊在宴会上被抓了。有人说它可能是熊罴，甚至认为它是大脑壳本人。在没有揭示真相的情况下，在最后几段中，第一人称叙述者反思了人类的残忍——如果他们真的屠杀了熊罴的话。在故事的开头，有人说熊罴和熊不同，原因只有一个，那就是当熊罴吞噬人类时，它们会哈哈大笑。现在，看到村民们都笑了，他问自己，在宴会上吃完熊罴肉后人们是不是会以同样的方式大笑。

"吃人"的暗示使我们想起鲁迅著名的《狂人日记》，而《人迹》中的社会批判更加明显。与《蓝盖子》相反，第一人称叙述者并没有过多地证明他个人对主人公所处困境的集体罪责的贡献，而是作为一个局外人，几乎扮演了集体迫害的控诉者。相比之下，在另一个故事《老梦》中，❶叙述者不再保持一个局外人的身份：孤苦者是一个在梦游时偷窃的疯子（第二天早上就不记得了），他更接近叙述者，一个被下放的年轻知识分子，而不是那些把他当作弃儿的乡村村民。在最后一段中，两个人走到了一起，叙述者在近乎偏执的同情的驱使下，最终陷入了一种梦幻般的状态。

在韩少功的早期作品中，主题常常是下乡的知青对农村里的孤苦者的同情，这具有强烈的政治和感伤色彩。在上面提到的早期作品《风吹唢呐声》中，哑巴德琪试图以他的天真善良来阻止他的兄弟德成虐待妻子二香。"四人帮"倒台后，在新的自由市场上赚钱的可能性似乎刺激了德成的暴戾和贪婪。二香和哑巴德琪的悲惨命运都来自德成和他所代表的金钱的压迫。在故事的结尾，知青再次回到农村，得知德琪已经去世，他感到十分内疚，因为他过去对德琪的关心不够。在《西望茅草地》和《飞过蓝天》中，下乡知青第一次反抗农村的大队长。在第一个故事中，他之所以这样做是因为对大队长所试图阻挠的爱情（因为爱情是封建的）感到沮丧；在第二个故事中，他间接地对缺位的父亲感到沮丧，这使起初热情的年轻人变成了一个整日抱怨农村工作的流氓。在这两个故事的结尾，主人公都为给大队长带来麻烦而感到内疚，因为后来他认为大队长也只是体制的受害者：事实上大队长总是想给他最好的东西（从主人公忽略的细节来看），但是迫于上面的压力，只能让他受苦。凸显政治背景以及随之而来的感伤主义是这一时期其他作家许多小说的典型特征，尽管《西望茅草地》和《飞过蓝天》没有像韩少功早期的故事《月兰》那样直接指控政治虐待。在《月兰》中，一个女人（名叫月兰）因为养鸡损害公家农作物而受到惩罚。相比之下，《西望茅草地》和《飞过蓝天》更多地关注个人的不幸。然而，在本节到目前为止所讨论的故事中，韩少功似乎再次提出

---

❶ 标注日期1985年9月，第一次发表于《天津文学》1986年第6期。

了负罪感和同情的基本主题，不再从社会政治角度来处理，而是以一种更个人主义、更加刻板的方式来处理。

自　我

在第二章中，我们已经看到《归去来》是如何围绕着人格的相对性主题构建的，尤其是个人与外部世界的关系。我们在韩少功的许多小说中都能找到这种模棱两可、偏执、梦幻般的氛围。此外，在前一章中，笔者论证《归去来》中的地域民俗并非为了异乡效果，而是在人物角色相对性主题中起作用。因此，让我们将其与一个主题和氛围相似但没有任何民俗材料的短篇小说《谋杀》进行比较。《谋杀》有一个当代的城市背景。

与《归去来》不同，《谋杀》不是以第一人称来叙写的，但叙述者的视角仅限于主人公。这个角色仍然没有名字，只是被称为"她"，这加强了这种近距离的视角。类似于《归去来》中的悖论，故事的开始，主角出于一个私人的、秘密的原因来到了一个不为人知的地方。故事的背景再次被边缘化了：不是僻静的乡村，而是主角家乡城市的偏远郊区。"她"参加了一场葬礼，但不知道是谁的葬礼，当她终于站在墓前时，发现似乎没有任何名字。《谋杀》有着梦幻般的神秘感，和黄治先/马眼镜一样，"她"意识到一种陌生感，却又无法摆脱。事实上，她并不是独自参加葬礼，而是和同事们一起参加葬礼，但这并没有改变什么。正如《归去来》的主角在与环境隔绝的情况下经历了最"不真实"的经历（他在独自散步时遇到了鬼魂）一样，"谋杀"的阴谋始于她与人群走散，发现自己孤独的那一刻。

她迷失在未知的郊区，错过了回家的末班车，不得不在一家旅馆过夜。在这段时间里，她对孤独的恐惧发展成一种被迫害的妄想，现实和想象（或梦）之间的界限变得越来越模糊。她表现出典型的偏执狂症状，怀疑周围所有人都在密谋迫害她。故事发展到高潮，一个穿着深色衣服的秃头男人带着邪恶的意图潜入她在旅店的房间。晚上，她的房间里确实发生了一场与入侵者的搏斗，但这是她在想象还是在做梦，这一点还不清楚。

韩少功留下了这样一种可能性：她把敲门的清洁工和她的妄想搞混了。然而，第二天早上当她去坐公共汽车时，发生的一个街头事故，让她极为痛苦，受害者似乎是那个在黑暗的旅店房间里被她用水果刀刺伤了的秃头男人。故事以这个女人的内疚结束，她一直担心人们发现她有罪，因为她甚至不确定自己是否真的做了什么。故事的最后一幕是她陷入困境的具体写照。她注意到汽车站附近就是警察局——当她最后要乘公共汽车回家时，她犹豫是否必须"进入那扇门"自首。最后一句又让人想起了《归去来》：在一片混乱中，黄治先/马眼镜惊呼自己累了，喊着妈妈，而那个女人"用热乎乎的毛巾捂住嘴，压住那里的任何声音"。

偏执和罪恶感动机的重要性使《归去来》和《女女女》值得在下面单独讨论。首先让我们关注《谋杀》中的身份和自我。从故事中的大量细节可以看出，偏执狂的症状可以在身份主题的范围内来解释。从文本中可以看出，在主人公真正开始感受到周围所有人的"仔细审查""暗中监视"和"阴谋反对"之前，她已经强烈地意识到了自我。比如，当她错过公交车，走在陌生的街道上时，她注意到人行道上自己的影子，她沿着直线和曲线走，她的影子"触碰到"了各种各样其他的影子："（……）她瞥见自己的影子更长了，腰胯的影子搁在交通栏杆上，乳峰的影子正撞着一个汉子满是胡桩的嘴巴，头颈的影子落在一个百货摊上，与童车、香水、袜子以及收录机混在一起被出卖。"

首先，人们关注的是她的女性身份，这与对胸部和颈部的观察有直接联系，中间只用一个逗号隔开，所以这种女性特征与"出售"或"性交易"联系在一起。第一句话，除了暗示交通危险之外，女性特征强调的是主人公的脆弱，而不是其他方面。因为故事缺乏其他的可能性——令人恐惧的秃头男人的袭击没有被描述为性方面的诱惑或者强暴——女性角色的选择似乎是为了增进身份的认同：脆弱是一种失去或不受自我控制的感觉。从整体上看，把自我缩小到身体的各个部分，把自己看作一种商品，这显然是一种自我的异化。

这一解释在故事中其他地方也有所表现，比如，当故事的主人公在服装店的镜子前看着自己时，她对自己和那些她"假装感兴趣"的衣服有一种不舒服的感觉。身份主题由不直接与偏执有关的主题来进一步强化。当主人公没赶上公交车时,她立刻产生了对"家"的渴望,用这些发人深省的句子来表示:"(……)她得回家,上天入地也得回家。虽然是一个没有男人也没有孩子的家,但毕竟是一份轻松,一份可以藏在四面墙当中的自由。"此外,在家里,她可以抽烟,可以想起那个世界上唯一真正爱她的人,她的父亲。家、自由、父亲和爱都可以被看作个人身份的一个方面,被理解为一种隐私感和归属感(爱)。在故事中,出现父亲的动机并没有被广泛地阐述,它邀请读者让诸如亲情、出身(父亲作为起因)这样的联想来为自己辩护。她的未婚身份作为一种反复出现的动机,再次强调了她的孤独,她总是独自面对自己,面对自己的内心。

《谋杀》让人想起《归去来》,这不仅仅是因为"家"的概念,尤其是女性对身体自我的疏远,让人想起《归去来》中主人公的经历:在蓝色灯光下的澡桶里。对于一个隐含的现代都市读者来说,《谋杀》的背景和具体细节似乎没有《归去来》那么奇异。细节在这两部小说的故事结构中都扮演了重要的角色;而《归去来》中有一些带有地域情调的东西,比如当地的油茶或一盏蓝色的猪油灯,相比较而言,《谋杀》中所出现的细节是一些现代的,或更广泛出现的东西,比如一把雨伞或一个梨。

伞的功能既体现在想象与现实相融合的主题上,也体现在认错的动机上。在这个女人的偏执发展到一定程度之前,这个秃头男人问她是不是丢了一把红色的伞。她说没有,男人坚持说他看到她拿着它。她似乎被其他人附身了,这让人想起了《归去来》。后来,当她独自一人并处于一种近乎偏执狂的状态时,她试图让自己相信,她这辈子从来没有丢过伞,但她突然想起以前她确实丢了一把伞;她记得这件事,因为这是一件非常奇怪的事情:她一个人在乡下的田里,没有其他人,也不可能有人能拿走它,但它却消失了。不过,不是一把红色的伞,而是一把黄色的。故事接近尾声,当她陷入深深的恐惧并大哭时,她觉得"似乎是哭自己在乡下丢失的那把伞"。这与《归去来》中的主人公很像,她先是否认自己或者说属于她的另一个自我犯下的谋杀罪,但她又奇怪地模糊地回忆起自己所犯下的罪行。梦与现实的融合,再加上一个琐碎的细节——故事的结尾,女人看到秃头男人死在街上，她注意到几个"鸭梨"从他的口袋里掉了出来；她惊讶地发现，这些梨"同她昨晚渴望的那种一模一样"。她想象中的梨子神奇地出现在秃头男人身上，就像他所引发的关于雨伞的记忆一样。那个男人并不是她偏执的核心因素，但正是在他身上，想象和现实结合在了一起。

总而言之，读者和学者们更愿意为现代主义主题的《谋杀》辩护，而不是《归去来》，因为对于现代读者来说，相比于后者的地域风俗，他们更熟悉前者的背景，而后者的地域风俗是许多读者和评论家关注的焦点。尽管这两个故事在主题和结构上惊人地相似，尤其是开头和结尾的顺序和那些细节的作用，而主题总是在不那么明显的、更具有解释性的层面上反复出现。鉴于这些联系，加上这两个故事都是同一时期（前后只差两年）所做，因此我们可以得出结论，韩少功小说的主题并非是与寻根理论相联系的地域民俗，而是更为普遍的主题。

有许多证据可以证明这一点。除了以上分析的主题和氛围外，还有《归去来》中的身份误认，这是韩少功作品中反复出现的主题，是《暗香》和《昨天再会》的核心成分。在这两个文本的开头场景中，都有一个主人公不认识，但却一来就把他当作熟人或朋友的人，悄悄地接近主人公。他的努力回忆触发了故事，使得他或叙述者在各种各样的怪事中偏离主题（正如韩少功小说中的叙述者常做的那样），但同时也会对记忆进行思考或怀疑自我。对记忆的思考是中篇小说《昨天再会》的核心内容，短篇小说《暗香》的核心内容是主人公对自我身份的怀疑。在这两部小说中，这些问题结合了小说写作与现实的关系，将在下一部分元小说中讨论。笔者之所以在这里提到它们，是为了说明韩少功是如何有意地将读者的注意力引向身份相对性这个中心主题的。更重要的是，他注重主观性。主角的看法是他自己的还是他周围人所转述的？个人的看法与他人的看法有何关联？这些问题将在下文进一步讨论。在这里，我们首先关注的是上面讨论的故事中偏执与妄想的现象。

偏　执

偏执是韩少功文本中反复出现的主题。在《归去来》和《谋杀》中我们可以看到它与个人身份交织在一起。然而，在其他故事中，这种交织并没有那么明显，或者不像其他主题那么重要，比如《暗香》和其他故事。这些将在元小说部分讨论。下面将要讨论的中篇小说表明偏执的主题不仅与身份主题相关，也与现实和想象主题有关。这一部分可以被看作两个主题之间的过渡，而偏执可以被看作一个"过渡"的主题，连接着前两个主题。

现实和想象的问题是偏执狂妄想的核心。如果只看《谋杀》这个故事，我们会产生疑问：谁描述的事情才是真的？主人公是在想象吗？真的有人是对的吗？在当代心理学理论中，对（现实）的感知问题是偏执狂研究的核心。首先，妄想狂的定义不是（仅仅）被迫害的妄想，而是"逻辑上持续的，系统的妄想"，❶ 因此，恰当的术语（自1987年以来的官方术语）是"妄想障碍"。偏执的妄想信念是不寻常的、"错误的"，但又同样是顽固、不可动摇的。偏执是理智的，不是感性的；它是有逻辑的，能准确地感知事物。"偏执狂的基本心理假设并不比他的社会选择更糟"，但他的"智力结构……有形式上的缺陷"。立场的错乱（"事物的跳跃"）改变了他对世界的整体看法。偏执狂试图把他对世界的印象综合起来，"比普通的要好"。❷ 弗洛伊德也这么说：偏执狂者重建了一个新的、主观的世界，以此作为合理化过程的一部分，为他的错乱辩护。❸

---

❶ 耶胡达·弗里德和约瑟夫·阿加西：《偏执狂：诊断研究》，多德雷赫特：雷代尔出版社，1976年版，第1页。

❷ 同上，第4-5页。基夫和哈维强调了智力和逻辑的重要性，他们甚至建议说："如果你试图干预一个妄想和威胁伤害的人，你不应该试图使用理性。"（参见 Richard S. E. Keefe and Philip D. Harvey：《理解精神分裂症：病因和治疗的新研究指南》，纽约：自由出版社，1994年版，第37页）这种理性的相对性一定会吸引韩少功。

❸ 弗洛伊德：《强迫症、狂想症与变态》，法兰克福：费希尔出版社，1973年版，第192-193页。

这些研究中的两个主要因素对我们研究韩少功的作品具有指导意义。首先，对不同世界观或逻辑体系共存的强调，契合韩少功对中央与边缘、主流与另类世界观的相对性的一般偏好，也契合他对孤独者、疯子，尤其是反对社会环境的偏执狂的偏好，正如我们在上述故事中看到的那样。从更广泛的意义上说，上面提到的"妄想可以既是逻辑的，也是错误的"这一悖论表明，逻辑并不意味着真理，这一结论让人想起韩少功关于理性和非理性思维的相对性，以及"真理"或"现实"的科学和直觉形式的论断。

这种相对性在心理学理论中也提到过：当弗里德和阿加西强调"被迷惑的心灵的逻辑力量"时，他们声称只有被迷惑的人的"前提是错误的"。❶ 他们所说的"错误"指的是"在社交上离经叛道"。他们认为"正常"和"变态"是相对的概念：从理论上来说，偏执狂的变态观点在不同的社会中可能被认为是正常的。❷ 同样地，正如我们上面看到的，在韩少功对社会中孤苦者或疯子的边缘地位感兴趣的背后，并不是对残暴的怪物的迷恋——这些人物与其他故事中有着偏执狂的"普通"个体（通过对比）之间的相似性，证明了韩少功对由取向差异引起的相同点感兴趣。

其次，心理理论的第二个相关要素是如下结论：精神病性障碍正是偏执狂的思维方式或他的精神幻影的结构，这使得我们注意到错觉的形式与内容的区别。事实上，这种区分是当代妄想症心理逻辑研究中的一个重要问题。就诊断和治疗而言，蒙罗认为"仅仅依靠妄想的内容就能明确病症是很少见的"。例如，偏执的根源通常是一个不顺应群体的人所承受的社会压力。但是，这种社会异常行为是偏执狂不正常的世界观的次要标志，或者说是结果，而不是原因。因此，这些"社会影响主要在于妄想的内容，而非形式，它无法解释其病因"。❸ 偏执狂的可能成因将在下面对韩少功作品的讨论中进行阐释。然而，从讨论中我们首先会发现，正如上述理

---

❶ 耶胡达·弗里德和约瑟夫·阿加西：《偏执狂：诊断研究》，多德雷赫特：雷代尔出版社，1976年版，第9页。

❷ 同上，第20页。

❸ 阿里斯泰尔·蒙罗：《妄想的障碍：偏执狂和相关疾病》，剑桥：剑桥大学出版社，1999年版，第31-33页。

论中提到的,偏执狂对世界观的(重新)构建似乎很少基于(外部)指称性,而更多地基于内部一致性。

为了回答为什么韩少功的作品中充满了偏执狂,有必要看一篇中篇小说《会心一笑》,这篇小说将我们所称的典型的偏执狂情节戏剧化了。这种平淡首先是由情节的直白带来的:一个不知姓名的第一人称叙述者讲述了他做过的一个萦绕不去的梦及其在现实生活中的后果。在梦里,他晚上在卧室里被一个不认识但又很熟悉的人用刀威胁,之后,他努力去理解那个梦的含义。他试图找出他过去可能伤害过而现在想报复他的人,这导致了他与谋杀他的嫌疑犯之间的对抗,同时,他的执着也导致了他与周围人的对抗。

地方色彩的缺失进一步增强了情节的直观性。整个故事发生在当代,围绕着叙述者在海南岛一座城市的办公室和家展开,只有在与情节相关时才给出细节。提到海南,就有人怀疑这部小说是韩少功的自传,尤其是小说的开篇"我迁居海南以后这两年……"——韩少功在1988年搬到海南,故事发生在1991年。有趣的是,"迁居海南"这句话在后来的一些版本中被删除了,尽管不是所有的版本。这种改变可以被解释为一种将真实的经历重新改编成文学文本的痕迹,或者可以指向博尔赫斯的自传和幻想、事实和虚构的错觉剧:预期的效果是将这两个部分结合在一起,使不现实显得真实,反之亦然。❶

这个故事由两条主线交织而成。第一人称叙述者与凶手嫌疑人之间存在着联系,叙述者的梦与现实之间也存在着联系。虽然这两条线索很难分开讨论,但梦—现实主题是主导文本结构的主题。这部中篇小说从第一行开始,讲述了这个梦,而开篇的几页讲述了叙述者越来越相信这个梦"实际上不是一个梦,但这个梦和现实至少是融合在一起的"。他的想法确实得到了现实生活的支持:他房间的桌子上有新刀痕,梦中没能拿到的床头灯竟然掉在了地上,还有一把钥匙不见了。最后,他似乎从办公室下属周中十身上识别出梦中的夹克和袭击者的身材。梦和现实之间没有简单的二

---

❶ 韩少功在他的作品中融入了自传和小说的元素;稍后我们将讲到这方面。

分法，但两者之间的界限也是模糊不清的。❶

在小说叙述到一半（共十一章的第六章）时，这个主题达到了第一个高潮。首先，叙述者以幽默讽刺的方式回到了现实中，当他向警察求助时，警察回答说在四个现代化时期他们不必理会梦。当叙述者坚持时，警察用海南方言骂他，称他为"倒颠"，字面意思是"颠倒过来"，但叙述者却认为这是海南话中"精神病"的意思。在这种情况下，字面意思是很重要的，这意味着对于一个疯子来说，现实可能会被"颠倒过来"。此外，叙述者的同事也对他的执着进行了评论，其中一个人说他的情况就像是《红楼梦》中一个有趣的情况，"真和假本就无差别"。

在小说的关键地方，真实和虚幻的主题与偏执联系在一起，正如另一位同事引用弗洛伊德的话，说叙述者得了被害妄想症，这必然与他年轻时的性压抑有关，而叙述者很快就否定了这一假设。除了直接提到偏执，这部小说还引入了故事的另一个重要元素，即偏执狂和他所处的环境之间的互动，这种互动的基本特征是相互矛盾的认知：同事们不同意叙述者对周中十的怀疑。随之而来的社会冲突表明，梦与现实的模糊关系与现实感知的不同角度的对立是有关系的，而现实感知是偏执妄想的基本要素，正如我们在心理学理论中看到的那样。

然而，韩少功的目标并不是简单地诊断一个偏执狂或精神错乱的病例，更重要的是故事的模糊性和结果的不确定性。叙述者的怀疑对象周中十起了至关重要的作用。事实上，叙述者很少怀疑他，因为周中十虽然经常卑躬屈膝，但他有同情心，所以至少是无害的。出于同样的原因，他的同事们反驳了他的怀疑。这以一种相当夸张或滑稽的方式证实了心理学理

---

❶ 对文学中梦的研究的一般观察适用于韩少功的故事。黑尔斯认为，文学中的梦不仅是心灵非理性活动的表现，也是心灵理性活动的表现。参见戴尔·R. 黑尔斯（Dell R. Hales）：《中国传统短篇小说中的梦与恶魔》，倪豪士（William H, Jr. Nienhauser）主编《中国文学评论》，香港：中文大学出版社，1976 年版，第 71–88 页。波特说文学梦境在道德上是模糊的，它与无意识有关，没有被超我过滤。他补充说，文学故事始终依赖于对理解的追求，它的动力是合理化。这不像真实的梦，非理性和混乱被认为是理所当然的。参见劳伦斯·M. 波特（Laurence M. Porter）：《真实的梦，文学上的梦，以及文学中的幻想》，卡罗尔·施瑞尔·鲁普雷希特（Carol Schreier Rupprecht）编《梦与文本：文学与语言论文集》，奥尔巴尼：纽约州立大学出版社，1993 年版，第 25、39 页。

论,其中的共识是,一个患有妄想症的人的信念"至少是不可能的……通常是异想天开的"。❶ 然而,周中十优柔寡断的性格使这个谜保持着完整性。他从不承认对叙述者有任何敌意,更不用说谋杀未遂了。但是由于他觉得自己受到了某种程度的指责,他试图对叙述者更加友好和关注,这样只会增加叙述者的猜疑,从而把他和叙述者都拉入一种回环反复的运动中。周中十的罪行是无法解释的,在故事结束之前,他身上的谜团也没有被解开,直到他消失。周中十的躲闪行为(无论是比喻上的还是字面上的)确实像做梦一样,这再次削弱了故事的真实性。此外,当完全困惑的周中十最终愿意接受指控时,叙述者出于内疚,转而试图说服警察这是他的梦。如果不是因为叙述者认真地进行自我反省,这个阴谋听起来可能很荒唐,而这种反省正是小说的基础,笔者稍后会讲到这个元素。

  故事的最后一章证实了韩少功对现实与想象相对性的关注。周中十消失后,叙述者疯狂地在城里寻找他。这种令人沮丧的努力导致他在小说的最后一章陷入沉思,这种沉思"证实",或者至少显示出与偏执型人格障碍心理学理论中对结构和形式的关注有惊人的相似之处。在这篇文章中,叙述者将生活比作一盘棋:人们总是试图找出其他人的逻辑,但一个棋手的每一步棋总是会让另一个棋手感到惊讶,这就是为什么人们总是在寻找套路模式。这也是对他与周中十关系的一个隐喻,使他在城市中的寻找形象化。当他对棋的比喻进行扩展时,这一点变得更加清晰。在他寻找的过程中,他撞到了某个人,道歉时,那个人对他说:"你走错了。"这句话的意思是"你走错路了",但叙述者意识到了话中"走"的双重意思并把它理解为如下棋中的"走错了一步"。他在近乎偏执的状态下,认为这是关于周中十的神秘信息,而且他把这个人的微笑解释为"会心一笑",即故事标题中的"会心一笑"。小而琐碎的事情对偏执狂有很大的意义,这是心理学理论中经常出现的论断。一些文学评论家将这种"会心一笑"解释为韩少功作品中对神秘主义的偏好。❷ 然而,笔者认为,以故事的结构为

---

❶ 阿里斯泰尔·蒙罗:《妄想的障碍:偏执狂和相关疾病》,剑桥:剑桥大学出版社,1999年版,第35页。

❷ 鲁枢元、王春煜:《韩少功小说的精神性存在》,《文学评论》1994年第6期。

基础,这个与标题的联系,它与棋隐喻的关系,以及它在故事最后部分的出现,一起支持这样一种解释,即本文将偏执狂在不同逻辑体系的共存与不同视角对现实的相对性联系起来。

同样这部小说中也包含了自我身份认同的主题,与《谋杀》中的偏执主题密切相关。寻找周中十的过程中,叙述者在没有找到他的情况下,描述了他在这座城市看到的一切。这一系列日常生活的小场景表明,叙述者仍然能看见在他封闭、偏执的世界之外的周围的正常生活。昆德拉从卡夫卡的《审判》中也观察到了同样的事情:当 K 奔向他的审判,完全被他的困境所吸引时,他也有同样的眼神,昆德拉称之为自由世界的"窗口"。在韩少功和卡夫卡的文本中,这可能是在暗示主人公意识到命运并非完全掌握在自己手中,但他却仍然渴望能够获得自由。❶ 在韩少功所写的故事中,最后一个眼神强调了这一点:叙述者看到一个男孩开心地"追着自己的影子跑"。这可能被解读为叙述者自身困境的隐喻,这一形象概括了叙述者在整个故事中所做的事情,他可能只部分意识到:他的偏执实际上是一种过度的自我反省——他在挖掘自己的记忆,寻找他可能不公正地对待了谁,或者他是如何伤害周中十的。因此,这种自我反省与现实和想象的困境一样,都是偏执狂的一个重要因素。

这让笔者对韩少功作品中偏执狂的可能成因做出一个总结。首先,内疚似乎扮演了一个重要的角色,就像在"身份"一节讨论的所有文本,以及《归去来》《女女女》中一样。在现代心理学中,内疚感不是狭义法律意义上的,而是广义伦理意义上的,通常被认为与自我概念密切相关。在儿童心理学中,内疚是良心成长的征兆,是对自身违反道德准则的认识。对一个人的行为随之产生的责任感——仅仅是责任感的概念(对罪恶感的感觉甚至可以先于实际行为),实际上是对自我是自由和独立的部分有意识、部分无意识的"实现"。❷

在《会心一笑》中,叙述者感到内疚,作为周中十的上级,他可能曾

---

❶ 米兰·昆德拉:《被背叛的遗嘱》,巴黎:加利马尔出版社,1993 年版,第 266 – 271 页。
❷ 约翰·G. 麦肯齐:《内疚:它的意义和意涵》,伦敦:乔治·艾伦和安文出版社,1962 年版。参见章节《内疚的起源》和《伦理与内疚》。

经严厉地斥责周中十在工作中犯的错误（周中十既没有承认也没有否认）；他甚至想起他曾经为了自己的野心，为了得到晋升而牺牲了他的下属周中十。因此，他把自己的社会地位（或声望）置于他人的生活之上，并试图通过在私人事务上帮助或指点周中十来弥补：他劝周中十不要追求爱情，不要"像狗一样"去追求某位女士。抨击周中十对女性的态度，可能是叙述者无意识地暗示了周中十对叙述者本人的奴性。然而，这些表面上的内疚感并不能解释叙述者的极端妄想症，其根源可能在于上述关于道德良心和自我的更深层次的内疚感观念——正如叙述者深刻的自我反思所暗示的那样。小说中梦与现实的演绎，既与部分无意识的根源有关，又与道德良知的先验性联系在一起，从而得出韩少功对偏执与内疚的关注最终与自我身份认同这一根本主题有关。❶

对偏执的另一种解释来自弗洛伊德，他认为偏执可能是由被压抑的爱的感觉引起的，例如，当一个人对同性恋的爱被视为禁忌时，它就会变成相反的——仇恨同性恋；偏执的行为可以被看作试图使这种感觉的改变合理化。❷《会心一笑》中包含一个暗示：周中十和叙述者之间的关系的确与《女女女》中毛佗和幺姑的爱恨关系类似，但就像之前说的，整个故事极少关注内容，而更关注主角偏执的形式。

在当代中国作家的作品中，社会制度很可能成为偏执主题的一个诱因。韩少功说过，这个系统下的高度社会控制使得私人和公共交易场所成为心理学理论的一个观察点❸，心理学理论认为，"偏执狂在他的私人系统上活动，就像它是公共的一样"，他可能体验到"来自自我外部的思想控制"。❹ 韩少功的另一部小说《领袖之死》是一部关于"文化大革命"的

---

❶ 马克思主义关于偏执的观点认为，西方的资产阶级个人主义导致异化，导致精神错乱，而集体主义创造了一个群体自我，保护个人不受其影响。在原始社会，不可能出现知识隔离，也不可能出现导致偏执狂的社会压力。尽管这一观点有意识形态前提，但其争论的核心——偏执狂与个性的关系——与当代心理学理论不约而同。参见耶胡达·弗里德和约瑟夫·阿加西：《偏执狂：诊断研究》，多德雷赫特：雷代尔出版社，1976年版，第137页。

❷ 弗洛伊德：《强迫症、狂想症与变态》，法兰克福：费希尔出版社，1973年版，第167页。

❸ 韩少功、夏云：《答〈美洲华侨日报〉记者问》，《钟山》1987年第5期。

❹ 理查德·S. E. 基夫（Richard S. E. Keefe）和菲利普·D. 哈维（Philip D. Harvey）：《理解精神分裂症：病因和治疗的新研究指南》，纽约：自由出版社，1994年版，第26页。

政治讽刺小说，书中主人公害怕"领袖"去世时哭不出来。在这种情况下，主人公的妄想症似乎是由社会压力引起的——社会要求人们为领袖的逝世而哭泣。然而，正如前面所提到的，社会压力会导致智力上的孤立，这可能是某些偏执狂案例的根源，这一理论受到了那些认为社会或其他外部影响不能解释偏执狂本身形式的人的质疑。《领袖之死》显然是为了讽刺而写的，但与韩少功的其他作品相比，它较少关注心理深度和偏执狂，因此呈现出更细致入微的偏执狂视角，这并非巧合。这种观点认为，表面上没有任何外部系统是"被指责"的，但在诗意地探索自我的运作过程中，个人的自由责任是被考虑在内的。

现实和想象

由此可见，梦与现实、想象与现实以及现实的不同形式的相对性渗透在韩少功的创作中。正如我们在《会心一笑》中看到的那样，它与上面提到的身份主题重叠，梦和现实交织在一起。在《谋杀》和《归去来》中"这种氛围可以被描述为梦幻般的，而并没有确凿的迹象表明，现实、梦或（妄想的）想象之间出现了越界"。

毫不奇怪的是，这种专注在其他故事中得到了不同程度的表达，这些故事通过探索现实与奇幻或奇幻的领域之间的界限、真实与神奇之间的界限来拓展主题。我们记得《归去来》《爸爸爸》和《女女女》也包含了丰富的神秘元素，然而，这些元素在文本的世界中被当成真实或现实的。例如，《归去来》中与死者鬼魂的对话，《爸爸爸》中丙崽的神秘生存，或《女女女》中幺姑的蜕变。

第一章探讨了寻根文学、魔幻现实主义与中国古典奇幻文学的关系。如果更仔细地观察形式，我们会发现奇幻文学和韩少功的小说有很多相似之处。首先，在志怪和传奇中强调怪和奇。志怪最初把这种材料作为给定的故事背景，是基于人类与（超）自然世界的整体统一的观念，即人类参与一个超越理性主义的更大的现实。❶ 虽然在后来的传奇中，小说变得比事实更重要，但理性与超自然的关系仍然是中心，正如我们在第一章中看到的，这也是韩少功作品中的一个重要元素。此外，高辛勇所发现的一些特殊的故事类型在韩少功的故事中也能找到：前世的梦，逝去的亡灵的精神表现或通过梦传递的信息，以及灵魂转化为动物或无生命的物体。此外，作为这些故事的背景，高辛勇确定了佛教的因果律和报应的概念与道教的五行循环交替和梦的半心理学解释是相结合的。❷ 所有这些元素也出现在韩少功的作品中，笔者将在下面进行阐释。

为了更深入地了解奇幻文学的形式，简要地看一下这类文学的一些研究是很有用的。托多洛夫认为，奇幻文学的中心概念是真实与想象的对抗，是读者和主人公的"犹豫"，"他们不得不决定他们所感知的东西是否属于现实"。托多洛夫还认为，奇幻不同于相近的"怪诞"和"神秘"，因为奇幻在整个文本中都保持着模糊性，因此超越了它们。在"怪诞"中，感知最终会通过"自然法则"得到解释，通常将其归类为心理错觉（无意识）或梦境；在"神秘"领域里，感知是无法解释的，而只能归入超自然的领域。奇幻正是通过这两者之间的犹豫和不确定时刻来定义自己的。❸ 韩少功的故事也在这条细线上展开——因为韩少功不仅在他的作品中给出了相对性和模糊性的中心主题，而且探索了心理错觉和超自然现象。

波特也认为，幻想"并没有解开谜团，而是延长了它"，"不确定性一直保存到叙述的结尾"，"二元对立的逆转，如自我/他人、神/人、人/动物、纯真/经验、男性/女性、生/死、有生命/无生命、过去/未来、这里/

---

❶ 高辛勇（Karl S. Y. Kao）：《中国古典志怪小说》，布卢明顿：印第安纳大学出版社，1985年版，第22页。

❷ 同上，第6—7，11，14—15页。

❸ 托多洛夫：《奇幻文学导论》，巴黎：塞伊出版社，1970年版，第29、46页。有趣的是，托多洛夫指出，"保持不确定性直到文本的结尾，从而超越文本"要求读者脱离文本结构的统一性，读者的模糊感知出现在文本的各个层面，包括尽可能多的细节。托多洛夫宣称，对于一个文本分析者来说，要解释文本的所有这些细节和层次几乎是不可能的，他们只需要确立主题，专注于结构或形式而不是意义或内容就足够了（第46、80、148页）。这和笔者读韩少功的文章的方法差不多。

别处"。❶ 根据托多洛夫的说法,所有这些变化的基础是心灵和物质之间的边界的跨越:一个人在心灵中建立的关系,在物质世界中被转化,现实和想象之间的边界变得不清楚,就像精神分裂症患者不能区分他自己对世界的心理表征和物质世界、他的内在自我和外部世界、主体和客体(再次注意,超自然与精神病之间的联系❷)。托多洛夫继续说,奇幻文学的主题可以得到相应的解释:人类转化为鬼魂或动物,人格的双重化,因果与巧合、时间与地点、物质时间与精神时间之间的模糊,这些的背后是精神与物质的相对。在更抽象的层面上:词语与对象之间的界限在逐渐消失。❸我们将在下面讨论韩少功的小说时讲到这些概念。

在中国的奇幻文学中,也可以找到相同的基本模式。蒲松龄的《聊斋志异》,标志着唐代以来传奇的全面复兴(除了在明朝期间的小型复兴)。爱德玛说:"蒲松龄所有的动机集中表现在人(男人与女人)与狐仙鬼魂的关系上:爱情联系的是一个不同的世界,它不属于日常现实,并且盛行的规则也不同于现实世界。蒲松龄并没有写童话故事,童话故事强调的是神奇,是更高的力量对尘世间存在的干涉。蒲松龄是对普遍对立的事物之间的内部联系感兴趣:男人和女人,人和动物,植物或事物,现实和表面,真理和梦,世界和颠倒的世界。"❹

在中西传统的融合中,把韩少功和其他作家的作品与奇幻文学联系起来确实是有道理的。在韩少功的作品中,奇幻的精髓似乎被推向了极端:他的故事紧密地围绕着"这个世界和颠倒的世界的相互作用"而构建,以至于"重点不在神异上",他也可以把奇异的民间传说材料抛在脑后,把奇异的事物与当代、城市和日常生活联系起来。事实上,只有一个故事可

---

❶ 劳伦斯·M. 波特(Laurence M. Porter):《真实的梦,文学上的梦,以及文学中的幻想》,卡罗尔·施瑞尔·鲁普雷希特(Carol Schreier Rupprecht)编,《梦与文本:文学与语言论文集》,奥尔巴尼:纽约州立大学出版社,1993 年版,第 42-44 页。

❷ 有趣的是,心理学理论在偏执狂和超自然现象之间建立了一种可能的联系:在弗洛伊德之前,错觉通常被归因于超自然原因或精神错乱。参见耶胡达·弗里德和约瑟夫·阿加西:《偏执狂:诊断研究》,多德雷赫特:雷代尔出版社,1976 年版,第 9 页。

❸ 托多洛夫:《奇幻文学导论》,巴黎:塞伊出版社,1970 年版,第 115-121 页。

❹ W. L. 爱德玛:《前言》,《画皮》,W. L. 爱德玛等译,阿姆斯特丹:莫伦霍夫出版社,1978 年版,第 25 页。

以被归类为真正的鬼故事，它包含了人与鬼的相遇，即《山上的声音》。本书将在元小说部分讨论它。在韩少功的一些故事中，神奇的"仍然是神奇的"，也就是直言不讳的"不现实的"：预言的事情和逆物理的时间经验。接下来，笔者将举一个故事的例子，在这个故事中，相对的世界之间的对抗更加现实。

神 奇

《余烬》的主角是李福庄，一个下乡知青，他陪当地村民偷运竹子。故事强调了他们任务的秘密性：它发生在夜晚的深山老林中。主人公对这神秘的一切印象尤其深刻，因为作为一个城市知识分子，他是这个环境的局外人，这一点在他和乡下人之间持续不断的比较中得到了强化：福生不够强壮和勇敢，总被别人嘲笑没有男子气概，太女性化；他被他们的粗话所困扰，等等。他也跟不上其他人的步伐，一个人走在他们身后，这一反复出现的事实成为他被孤立的象征——李福庄无疑是典型的韩少功式主人公。

乡下人经常开玩笑说，如果他们被抓到偷运，福庄可能会对他们有帮助：因为他是一个有文化的人，可以替他们写检讨。事实上，他的读写能力成为故事的中心，在森林里，在一场暴风雨中，一个陌生的妇人来找他，让他授权她用他的车来应付分娩这一紧急情况。福庄感到很讶异，他只是个下乡知青，并没有车，他的朋友们也认为她是个疯婆子，让他给妇人写同意派车的条子，把她打发走。福生找出一个烟纸盒随便画了几个字交给妇人。故事跳到二十年后，福庄已成为一名银行副行长，碰巧在这个他再没回来过的地区有一些业务。

福庄的孤独再一次被他注意到的陌生的现代化所强化。晚上，他独自一人在一家破旧的旅馆里，他的同事周科长告诉他，他的司机小王已经开着他的车送一位难产的妇女去县城做急救。当周科长把那个妇人拿来的有福庄字迹的烟纸盒递给他看时，福庄很惊讶，只记得那是二十年前的事情。周科长开玩笑说，这个女人一定是个鬼，二十年前她就预见到福庄会成为一个有车的能人。事实上，这个故事中没有，也不能对这个神秘的事件做出一个合理的解释。相反，福庄似乎发现自己处在两个时区的神奇交叉之中：二十年过去了，但时间似乎已经停止了二十年；它甚至可能是时间循环的暗示。韩少功小说的法文译本的封底文字表明，福庄的纸条多年来一直被重复使用，但这并不能解释这个妇人的第一个要求：她认为福庄已经有一辆车。关于鬼的笑话似乎更有说服力，这也正是韩少功提出的悖论，正如故事的其余部分所暗示的那样，就在那天晚上，被这些事情弄得手足无措的福庄走到树林里，重温过去的经历。在桥下的水里，他看到了过去的伙伴们走过的倒影，后面跟着跟不上队的自己。画面倒映在桥下的水中，这是这个世界和颠倒的世界的明确的象征，福庄似乎又一次超越了时间——特别是，他接着找到了二十年前那个夜晚他们一起躲雨的窑棚，当时那个妇人就在那里问他要了一个字条。在小屋里，他发现了一个烂了的钵子，他记得那天晚上他的朋友不小心把它打碎了，❶ 他还看到了一个炉子，里面的余烬还在燃烧，就像当时一样。故事的标题可能暗示，超越时间的魔幻现实主义是本文的主题：余烬是将福庄的过去和现在结合在一起的东西。这一神奇事件也可以看作主人公处理自己的过去和现在的比喻意象：他回到年轻时待过的地方实际上是对过去的回归。就像托多洛夫的理论一样，心理和物理时间（和地点）的边界被跨越了。在《余烬》中，"颠倒的世界"是过去的世界。

预言是超越时间的标志。现在和过去之间的中介是那个请求紧急分娩的妇人。她所暗示的超自然、超洞察力的力量与奇幻文学中两个世界之间的大多数中间人的身份相匹配。故事的结尾，这个观念也被赋予了更多的意义。拥有窑棚的老人要求福庄偿还打碎的钵子：清算旧债是福庄处理过去的另一个象征。老人向福庄解释为什么这个地方过去被称为喊杀坪：过去，一个女人和神犬生下一个孩子，这个前途光明的孩子将成为新天子和推翻朝廷的叛军领袖。然而，朝廷官军在一场激烈的战斗中杀死了他，直

---

❶ 福庄甚至还记得，打破碗被认为是朋友庆子的一个坏兆头。后来，庆子被蛇咬死了。因此，打破碗的细节在故事中被赋予了预言的意义。

到现在，人们仍然可以在暴风雨时，听到咆哮的声音和战斗的呼喊声。喊杀坪的名字已经被改成了一个"毫无意义"的同音字"汉沙坪"，切断了与过去的联系。

孩子的出生和对风暴的提及与福庄过去的经历建立了联系。但是，直接、合理的含义并不明确——提及一个当地的传说和一个半仙的孩子，只会强化它神奇的一面。根据高辛勇的说法，在中国古典奇幻文学中，这样的"从另一个世界带回的象征来作为经验的提醒"，人与鬼神结合的事物或子女，正如我们在《余烬》中看到的，是很常见的。❶ 故事的最后几句话延续了故事之外的优柔寡断（用托多洛夫的话来说）：第二天早上，福庄问他的司机送人情况如何，并问司机是男孩还是女孩。司机回答说是个男孩，还是双胞胎，但他不记得名字或其他细节。福庄也突然失去了兴趣：他以相对平稳的口吻放下了这个事，说他们应该在天气还好的时候离开这个地方。

和许多其他的故事一样，韩少功的主人公最终都急于离开被过往所困扰的地方（通常是农村）。萦绕在这里的是一个充满时间观念和当地神话的神奇剧本。但这里，和韩少功的其他故事一样，乡村和民间传说并不是故事的主题，而是强调了一个更普遍的存在主义母题。事实上，韩少功对魔幻本身不感兴趣，而是对奇幻文学的形式特征感兴趣，而这些特征在这个故事中相应地得到了表现：高辛勇所言志怪中时间的循环性，传奇中预言或宿命的循环性，以及托多洛夫所讨论的因果关系与时间之间的关系。❷

在这些元素中，预言是韩少功作品中最重要的主题，即使只是基于它的频繁出现。《北门口预言》就是一个例子，不过它将在"元小说"一节中再进行讨论；《真要出事》是另一个例子，它与《余烬》不同，是以城市作为背景的。故事围绕着主人公对即将到来的危险的强烈恐惧展开，从日常生活中最小的危险（如交通安全）到对海湾战争或切尔诺贝利事件中受到辐射的毒草莓的担忧。因此，这个故事也可以归入"偏执"一节。这

---

❶ 高辛勇（Karl S. Y. Kao）：《中国古典志怪小说》，布卢明顿：印第安纳大学出版社，1985年版，第6-7, 11, 31页。

❷ 托多洛夫：《奇幻文学导论》，巴黎：塞伊出版社，1970年版，第153页。

是另一个主题重叠的例子。然而，叙述者指出，主人公并不是一个可怕的人，而是一个"对每天日出日落的世界关心得很深入，对未来预想得周到一点"的人。即使叙述者的话中有一些讽刺的意味，"预想"这个词还是与预言这个主题建立了联系。标题也暗示了这一点，以及现实与想象之间的关系："真要出事"——主人公想象着一些事情，未来真的会发生一场意外。

预言和宿命是中国古典奇幻文学的重要主题。在志怪和唐传奇中，皇帝们预见了灾难（通常是在梦中），比如国家或朝廷的垮台；韩少功的故事发生在当代，灾难发生在普通人身上。在《真要出事》中，主人公的平凡性和边缘性突出表现在他没有姓名而被称为副科长的匿名性和对上司的顺从性上。此外，和韩少功其他故事里的孤苦者一样，由于他的固执，这个边缘人物与周围的环境越来越隔绝：副科长因为没有处理好紧急事务而被解除职务，这一事实（比其他故事里的疯子更微妙）具体化了：他害怕公共汽车，所以步行迟到了。

就像《余烬》一样，《真要出事》的中心预言来自一个脆弱的女人：一个在副科长工作的大楼里经营报摊的女孩。他叫她"天气预报"，因为每天早上他来上班的时候，他们都在谈论天气。这个女孩和副科长都被描绘成被排斥的人，他们被各自折磨联系在一起。这个女孩特别怀疑天气预报，她说她发现今天的天气预报总是预报昨天的天气。这种相对性的解释把绰号"天气预报"的女孩与预言或预感的中心主题联系在一起。

当女孩宣称她看到副科长在一名警官的搀扶下在街上呕吐时，这一点就变得更加重要了。副科长否认是他，但在故事的结尾，女孩似乎能够预见未来，因为事情确实发生在他身上。在他被解除职务后，他开始担心在他曾经工作的那栋高楼里，以及那个女孩站的地方，会发生危险。有一天，为了防止工人们掉落建筑材料，他爬上楼去，但正是他自己差点摔倒碰掉了脚手架弯头，砸到了女孩。他被指控谋杀未遂，就在那一刻，他在一名警察的搀扶下在街上呕吐，他模模糊糊地感到这一幕对他来说很熟悉，却不知道为什么。

谋杀和犯罪的问题把故事和偏执的主题联系起来。在这里，"谋杀"

这个词也是"偏执"部分讨论的故事的标题。副科长的故事其实是一个报应的故事：他对暴力的过分恐惧使他自己也无意"施暴"了。故事的结尾也指向了犯罪和责任的主题：副科长看到了他上司的车，希望他的上司能向警方证明他不是罪犯。他再次表现出顺从的行为，这是偏执狂的典型行为：不承担自己的责任。偏执主题通过神奇主题与自我主题相联系。

《鼻血》（1989）有一种类似于《谋杀》和《真要出事》的神奇元素，但却被故事的政治意味所掩盖。主人公是一个普通的厨师——故事强调了他虽地位低下，但性格谦逊——住在一个以前住药商和演员的大房子里。"文化大革命"期间，这个房子变成了公社食堂。这位名叫知知的厨师发现了一些老房客的旧物。其中有一张女演员的照片，他不小心撕下了照片的一部分。多年后，"文革"结束，一位坐在轮椅上的老妇人来到知知的饭店。知知通过照片认出了她，并惊讶地发现这个老妇人的胳膊上有一道疤，就在他几年前撕裂照片的地方。当被问及此事时，这名女子解释说，是红卫兵迫害了她。

故事围绕着主人公的幻想展开，他"生活在自己的小世界里"。知知是一个年轻人，因身体虚弱，与农村环境格格不入。他总被取笑，特别是有关对象的问题。在这方面，他让人想起《爸爸爸》里的仁宝。此外，他的局外人身份也是韩少功作品中许多具有个人魅力的人物典型。幻想和现实在照片的神奇撕扯中结合在一起，这让主人公比他想象中更接近照片上的女人。

但是这个神奇的元素在某种程度上缺乏独创性，它与主题的联系不如《谋杀》和《真要出事》那么紧密。另外，主人公个人困境的政治内涵被更有说服力地表达了出来。知知对女演员的喜爱是由他的脆弱或女性气质来"解释"的，或者与之相关，而平民知知与作为知识分子阶层的一员的演员之间的对立也被暗示了出来。正文的知知被批斗情节进一步加强了对政治的解读，在这个段落中，知知突然出现了异常（魔幻的？）的鼻血，这莫名其妙地把他所处环境中的一切都染成了红色。书中引人注目的政治描写和对故事标题中"鼻血"的强调表明，年轻的厨师和女演员可能仅仅被当作一种寓言故事的类型，而不是真实存在的人物。

现　实

波特的"二元对立的逆转"和托多洛夫有关时间和地点的相对性在《诱惑》中表现得最为明显。这不是一个魔幻的短篇小说,而是一个现实主义的故事。这再次证明,韩少功对"颠倒的世界"更感兴趣,而不是奇幻本身,下面的讨论将阐述这一点。

按照波特的说法,在奇幻文学中,鬼魂不仅被用来"使不自然的转变合理化",而且还被用来作为过渡手段,如"障碍"和"旅程"。《诱惑》看起来就是一次"奇妙的旅程"。它讲述了一群受过教育的年轻人到农村爬山去寻找瀑布的故事。主角们必须在旅途中通过几个障碍。首先,他们不得不将出发时间推迟到凌晨,以避免笼罩在山上的有毒瘴气。然后,在更高的山上,他们必须游过一个又深又冷的水潭,穿过一个狭窄的陡壁。这些事件被描述得可怕甚至危及生命,可以被看作年轻人远行中象征性的通行仪式。寻找瀑布的过程可能被象征性地解释为一种对起源或纯洁的追求,特别是因为这次旅行主要是关于城市青年与大自然的神秘之间的对抗。重要的是,为了穿过这个水潭,他们所有人都脱光了衣服——这让这群人中唯一的女孩感到很尴尬——把衣服扔在户外,因为他们知道野外没有人会偷他们的衣服。

故事也是对纯真的追求,如果你看看结局,你会发现,年轻人沮丧地发现,他们以为是自己发现的瀑布,其实早在几年前就被一个专业的地质队发现了(在五十年代,这个故事显然是在"文化大革命"期间发生的),从他们看到的题词来看:纯真受到了伤害,因为诱惑——故事的标题。天真与经验的对抗是奇幻文学中常见的主题。❶ 整个故事中,第一人称叙述者用粗体字(相当于西方斜体字)写了一些简短的抒情语句,指向一个

---

❶ 劳伦斯·M. 波特(Laurence M. Porter):《真实的梦,文学上的梦,以及文学中的幻想》,卡罗尔·施瑞尔·鲁普雷希特(Carol Schreier Rupprecht)编:《梦与文本:文学与语言论文集》,奥尔巴尼:纽约州立大学出版社,1993 年版,第 42—44 页。地质队的名字和题词的日期都与社会主义建设时期有关,留下了更多的政治解释空间:年轻的纯真与意识形态相抵牾。

"你"，他的"亲爱的"，这委婉地表达了他对一件似乎结束了他们关系的不明事件的懊悔。他提到了睡垫附近的血迹，这可能指向对纯真或贞洁的玷污。纯真的主题把这些抒情的短语和主要的故事联系起来，在文本中也有具体的体现：叙述者在被某人提起他的"亲爱的"（她已经不在他身边了）惹恼后，就向他的朋友们提议开始他们的旅程。第一人称叙述者隐藏的旅行动机（他说这只是消磨时间和消磨他们无聊的一种方式），可以被解释为怀着对过去事件的罪恶感而对纯洁的追求。❶

故事中人与自然的对立是在典型的二元对立的转变中产生的。对主人公来说，狂野的大自然几乎是一个颠倒的世界：所有的事情看起来都不同于"他们所想象的"，这是一个回归的说法，它将这个故事与想象和现实的相对性主题联系得更加紧密。这不仅仅是一个不同的世界：树木看起来比预期的要小，花草比预期的要大；有些动物装出死相，有些植物张牙舞爪（而且是食肉的）。这种人与动物、生与死、有生命的与无生命的之间的二元对立，在奇幻文学作品中屡见不鲜。和韩少功的其他故事一样（见第二章），倒转的主题已经出现在开头的场景中：瀑布所在的山脉被描绘成水面上的倒影（山脉"漂浮在云层之上"）。故事的结局再一次呈现出韩少功作品的模糊性。他凝视着瀑布，对这群朋友并没有真正发现它的事实感到失望，叙述者说，他觉得他现在越了解这座山，似乎就越不了解它。在此之后，另一个用斜体字写的短语出现了，他说他觉得他的"宝贝"正在靠近：在那个完全模棱两可的时刻，他可能会被原谅或者与她重逢。这个开放式的结尾，通过最后一行和前面的相对性，使得故事不仅仅是种种对立的简单逆转，还保持了故事模糊性的完整。

这个故事还有一个更大的模糊点：它既现实又神奇，就像它既是具体的又是比喻的。它比上面讨论的魔幻故事更真实，但仔细观察就会发现，《诱惑》也被现实和想象之间这种模糊的模式控制着。由此可以得出这样的结论：韩少功对这两个领域的相互联系很感兴趣，就像爱德玛论及的蒲

---

❶ 在该文本的最新版本中，作者把所有的斜体字插入语都删去了。然而，就翻译而言，他让译者选择他们喜欢的版本。

松龄那样。与传统的奇幻小说相比，韩少功融合了自然与超自然的元素，将他的故事呈现出真实的一面，在读者中引发了质疑，因为读者需要扮演积极的角色。《诱惑》就是最好的例子。有趣的是，托多洛夫在传统幻想文学和现代幻想文学之间观察到了类似的差异或发展。在18—19世纪的西方，幻想是实证科学的一种对应物，甚至是"有罪的良心"❶；波特补充说，幻想甚至经常嘲笑实证主义和科学主义。❷韩少功对理性和科学的批判态度可能具有可比性，这可能是因为20世纪的中国在科学发展方面与19世纪的欧洲和北美在若干方面具有可比性，正如金介甫在《中国犯罪小说》的一篇文章中所说的那样。❸在20世纪，托多洛夫认为卡夫卡延续了幻想，他表现出了更多对现实与想象之间模糊性的文学意识。例如，《变形记》的第一句话马上就产生了一个矛盾：格里高尔·萨姆沙将自己变成一只甲壳虫的过程描述为"不寻常但可能的"。托多洛夫总结说，卡夫卡的奇妙之处让我们更好地理解语言和文学不仅仅是现实的形象，"文字不仅仅是给事物贴上的标签。"❹正如我们所看到的，韩少功表现了一种类似的矛盾感：他的作品同时具有19世纪和20世纪西方魔幻文学的元素。此外，韩少功后期作品尤其是《马桥词典》对语言的关注，似乎与托多洛夫的结论是一致的。韩少功的文学语言意识构成了下面讨论的第三个也是最后一个主题的中心因素。

元小说

现实与想象的主题将身份与元小说的主题统一起来。我们看到，在韩少功的作品中身份认同往往与偏执的母题有关。这种妄想症的核心是自我认知和外部世界之间的冲突。这种冲突可以看作现实与想象之间关系的一

---

❶ 托多洛夫：《奇幻文学导论》，巴黎：塞伊出版社，1970年版，第174–175页。
❷ 劳伦斯·M. 波特（Laurence M. Porter）：《真实的梦，文学上的梦，以及文学中的幻想》，卡罗尔·施瑞尔·鲁普雷希特（Carol Schreier Rupprecht）编：《梦与文本：文学与语言论文集》，奥尔巴尼：纽约州立大学出版社，1993年版，第44页。
❸ 金介甫：《中国犯罪小说》，《社会》1993年第30卷第4期。
❹ 托多洛夫：《奇幻文学导论》，巴黎：塞伊出版社，1970年版，第177、183页。

个层面，这也是支配韩少功的奇幻故事的一个层面。现实与想象的交织在某种意义上也是真实与虚幻、真实与虚假的交织。如果用这些术语来理解，第二个主题和第三个主题之间就可以建立联系——元小说。在笔者将要讨论的文本中，对于真实与不真实的明确区分的矛盾心理，以及对不同版本的真实共存的意识——它的层次性——构成了这些故事的主题。下面的一节关于自我反省，事实与虚构的关系是中心；接下来的两节关于迷信或地方信仰以及奇闻逸事和边缘历史，一方面是中心的或正统的信仰与史学的关系，另一方面是边缘的对应关系。

自我反思

鉴于主题的重叠和相互联系，笔者在此所讲的三篇文章都在身份主题下简要提及。短篇小说《暗香》❶ 充分展示了这一点，因为它几乎包含了所有主题。接下来的讨论将在以上分析的基础上介绍元小说的最后一个主题。

正如我们所看到的，《暗香》以一个错误的身份开始，围绕随之而来的对主人公自身身份的困惑而展开；我们把这个动机和主题分别与《归去来》中的故事做对比。与《归去来》不同的是，《暗香》是用第三人称叙述的，但叙述者是以主人公的视角叙述的。然而，和《归去来》一样，在这种模糊的氛围中，错误的身份究竟是仅仅发生在主人公的脑海中，还是被他周围的人所看到，却不得而知。有一天，主人公老魏遇到了一个不认识的人，叫竹青，他把老魏当成了十年未见的老朋友。在第一页详细阐述拜访时的场景是很重要的。老魏的房间里很暗，没有窗户（客厅里唯一的一扇窗被打破了，换成了一张硬纸板）；老魏独自一人，他的妻子出门去了，她本应该回来了（所以老魏急需一名目击者能解释他的困惑），他怀疑她去了河那边，不会回来太早。老魏的眼睛和耳朵都不好，最重要的

---

❶ 该作品标注日期为1994年11月。这个题目可能指的是"暗香疏影"，这是对梅花的一种诗意的称呼，取自隐居诗人林逋（967—1028）的名诗"疏影横斜水清浅，暗香浮动月黄昏"。

是，老魏在家里生病了。所有这些情况都使得老魏的看法让人无法证实并产生怀疑。

此外，韩少功利用这一场景的幽默感，让假想的朋友竹青亲密地照顾生病的老魏（把他放回床上，等等）。当竹青几分钟后决定离开时，矛盾就加剧了，他说见到老朋友就很满足了，不必坚持礼性。角色发生了转变：老魏试图说服竹青留下来吃晚饭，毕竟已经十年了，而且竹青是从另一个省远道而来的。老魏"不真诚"的反对是徒劳的，竹青没有解开谜团就离开了，老魏则不知所措，妄图弄清竹青是谁，跟自己有什么关系。十年后，在街上，他们又有一次类似的同样简短的会面。这一次，见证者比比皆是，他们都是老魏在老年人户外象棋俱乐部的朋友。然而，韩少功再次利用了这种场景：在把竹青送上公交车后，老魏陷入了沉思，拐错了弯，在自己的城市里迷了路，在大城市的人群中默默思索着个人的身份。老魏此时的迷失，就像故事开始时的孤独、黑暗、病痛一样，都是具体的故事元素，由于老魏的孤立与迷茫，这些故事元素可以被解读为意象，也可以被解读为隐喻或转喻。老魏在两次会面中都闻到了一种"神秘的香味"，象征着一种难以捉摸的回忆。

故事发生了戏剧性的转折，老魏发现竹青是他多年前写的一部未出版的小说中的人物，这是他无意中从一个木箱里找到的手稿中发现的。他开始重写手稿并越来越深地淹没在自己虚构的世界中，他的妄想状态加剧了。《暗香》非常详细地描述了老魏的错觉是如何将自己与社会环境区分开来的，就像《会心一笑》中一样。日常的社会世界和妄想的个人之间的相互关系以具体的方式表现出来，例如，通过生动的对话，老魏在妻子死后与亲戚（他侄子的家庭）发生了实际的冲突。然而，关于他错觉的起源，故事中也能找到一些蛛丝马迹。如上所述，这是典型的偏执事例：它的症状和机制（外部形式）与它的病原（主题内容）之间并没有令人信服的关系。这个故事只是间接地提到了可能的原因：主人公的幻觉是在他发现了自己的旧手稿后才真正加剧的（毕竟，在过去的十年，老魏根本就不关心神秘的竹青）。他决定重写这部小说是至关重要的。他这样做是出于对这部小说的不满，这部小说揭示了他过去与那个时代的政治潮流的一致性。书中暗指他对自己塑造的角色竹青感到内疚：一种可能的解释是，竹青神奇地造访老魏是老魏良心的表现，提醒他对自己的文学角色不够"多姿多形"感到内疚。然而，这样的解释只是满足了我们对妄想内容的探究，并没有澄清它的形式或结构。

故事的最后一部分讲述了主人公与世隔绝的过程，并开始关注他的内心世界：他不仅把自己锁在书房里写作，也开始通过他的五官去感受现实生活中的一切，并将它们写下来（如温度、气味等）。这是另一种对精神领域和物质领域界限的越界，这也是幻想在文学中的一个基本特征。此外，在现实和想象的主题呈现出一种奇特的平衡时，它也呈现出元小说的主题。想象的世界毕竟是一个作者所创造的虚构的世界，读者通过写作的行为意识到事实和虚构之间的界限，准确地（和矛盾地）说是由于主人公自己不再区分事实和虚构。

到目前为止，《暗香》并不是一个真正的自我反思的文本——它没有一个自我意识的叙述者，让读者进入虚构故事本身的创作过程。❶ 这样的文本几乎总是有第一人称叙述者，而在《暗香》中，叙述者和主人公之间保持着一定的临界距离。因此，读者仍然是一个观察者，并不是很积极地介入，或是被混杂的事实和虚构误导。然而，当主人公去世，故事继续下去时，这一点就发生了变化：一直以来，叙述者的视角都是围绕着主人公的，而现在，它让读者看到了他的感知之外的一面。老魏去世后，他的亲属收到了一封来自广西的电报，竹青应该就在那里生活。电报的内容让亲属和读者都难以理解，一部分原因是电报精雕细琢的风格（韩少功在这里很清楚地利用了这种风格），另一部分原因是内容似乎是内在信息；❷ 其中唯一明确的信息是吊唁。叙述者不愿透露发件人的姓；老魏的女儿也不知道电报上的名字，因此"很快就忘记了这件事"，并把电报还给了邮递员。

---

❶ 依据艾布拉姆斯的《文学术语汇编（第六版）》（北京：外语教学与研究出版社，1993年版，第168页）的定义。

❷ 韩少功经常插入这种类型的内在信息，例如，在无意中听到的对话，如以这样的方式呈现：陈述具体的名字和事件。然而，这是主角和读者都无法理解的。我们将在结论中讲到这个问题。

不用说，电报的作用只是为了说明老魏的幻想可能是建立在现实的基础上的，因为有第三者（老魏的亲戚）看到了竹青可能存在的证据。然而，由于消息的模糊性和匿名性，这个秘密仍然完整无损。故事的结尾强调了这一点，当邮递员把电报带回邮局归档时，他打着哈欠说，这种没有详细地址无法投递的邮件太常见了。他说，有"一大堆无人倾听的话……将要凝固成永远"。故事结尾重复了邮递员打哈欠的动作，从而暗示了竹青的存在或老魏的错觉的相对性。

此时，读者不再是主人公虚幻命运的旁观者，而是被叙述者所迷惑、所操纵。首先，第三人称视角似乎排除了《暗香》被视为一种自我反思文本的可能。然而，由于焦点的不同层次和叙述者所维持的模糊性之间的转换，一直到文本的末尾（并且因此超越文本），文本确实暴露或解构了小说的运作。毕竟，竹青最初被认为是主人公老魏虚构的人物，现在却可能出现在叙述者的层面。但是当叙述者通过持有的信息（随意但有意识）给读者留下一个完全相对主义的"信息"（打哈欠）来掩盖这种可能性时，读者意识到自己被困在小说里了。

另外两个文本也许是更直截了当的自我反省，但同时它们对事实—小说二分法的破坏更明确，也更微妙。中篇小说《红苹果例外》中，第一个叙述者是以一个朋友的角度设立的，他在一部实验性的原型主义电影中出现时并不知道，这部电影是由一个隐藏的摄影机拍摄的，在这部电影中，他卷入了与黑帮有关的餐厅暴力事件。由于采用第一人称视角，只有在小说进行到一半时，导演才会告诉叙述者发生了什么。在这段文字的前半部分，叙述者已经开始怀疑他朋友的异常行为，这让人想起韩少功其他故事中的偏执主题；叙述者还怀着内疚寻找朋友对他的态度的原因，其中他的知识分子和商人朋友之间的社会阶层差异起了一定的作用。影片拍摄完成后，叙述者对身边的日常生活越来越偏执，他怀疑任何事情都可能是作为电影上演的，都是不真实的。他的怀疑也指向自己的妻子——他实际上是在电影片场认识她的。例如，他发现她的一张旧学生证上有一个不同的名字，这让他怀疑她的过去和身份。在故事接近尾声时，他说，即使在事件发生多年后，他仍然只敢吃红苹果，因为市场上其他水果在他看来都是假的——这也是故事的标题。韩少功塑造偏执主人公将注意力集中在琐碎的小事上，这是他全部作品的典型特征。

和韩少功的其他故事一样，这部小说没有解开任何谜团（尤其是通过第一人称叙述的一致性）。此外，文本结尾表明故事是周期性的，任何事情都无法解决。在故事开头，叙述者接到朋友的电话，邀请他第二天去湖边消遣，结果这只是带他去拍摄电影的借口；在文本最后一行，叙述者回到了打电话的同一时刻，而故事一直呈线性发展，并没有倒叙。因此，这种循环似乎表明故事即将重新开始，或者可能还没有发生。事实上，对于主人公和读者来说，模糊性始终保持在文本之外。

《暗香》和《红苹果例外》分别将真实与非真实的关系和现实与虚构的关系联系起来，即写作与电影。小说《昨天再会》是一篇有更多层面的文章，讲述了记忆层面上的模糊。事实上，《暗香》和《归去来》也是关于记忆的，这三篇文章都以错误的身份开头，并非巧合。《昨天再会》的第一人称叙述者是一位作家，他遇到了某个自称认识他的苏志达，但他自己却不记得了。作家随后查阅了自己的日记，想知道他是否见过这个女人，之后又出现了大量的倒叙，占据了大部分文本，实际上形成了一个框架故事。主人公的失忆表明，他在怀疑自己，担心失去自我，因为他的记忆带有强迫性、偏执性：他怀疑只有自己被所有相关的人排除在真相之外，他说："我必须记住所有这些。"

倒叙通过作者对记忆的作用和意义的思考引入。读日记的时候，他不认识年轻时的自己，甚至不相信日记的作者是真实的自己。他说，"人非往昔。"他现在对过去的自己感到非常惊讶，事实上，他记忆中的过去是另一个"记忆版本"，而不是日记中所呈现的版本。记忆是不断变化的，他继续说，从来没有"最终稿"供任何人"校对"。使用图书制作的行话不仅反映了主人公作为作家的工作，因写作不是很成功，必须以校对为生；与此同时，他将记忆与小说写作联系起来——就现实的表现而言，两者都是不可信赖的，这确实是《昨天再会》的主题。在回忆过去的时候，主人公不相信别人的话，他再三承认自己编造了故事的一部分，又故意省略了其他部分，因为他认为文化，更具体地说，文学影响了读者的期望,因此,留给作家创作的空间很小。一个真实的故事可以被解读为"糟糕的小说"。他说,写作影响着生活,作为一名校对员和作家,他甚至比其他人更容易受到这种影响。❶

主人公的回忆具体涉及"文革",即他的青年时期。他认为反革命集团的宣传反过来又制造了一定的集体社会记忆,干扰了个体记忆。这也是他不再完全承认自己的部分原因:他现在看清了那个时代年轻人的革命精神。这个故事中的"文革"题材并不像"伤痕文学"这样的当代作品那样只是作为一个简单的回忆录。主人公对他过去的革命历史产生的距离已经与这一类型作品截然不同。例如,韩少功用了那个时期的典型现象——人与人之间的不信任,这是一种更高程度的抽象,即在他的主题中,关于现实中发生的事情可能的不同版本的相对性:谁在说谎,谁在说真话?❷

这一点在框架故事的结尾被强调,也就是故事的倒叙,几乎是在文本的结尾,主人公和女人在多年后再次相遇。主人公想通过有意编造一些往事来测试女人的记忆;然而,令他惊讶的是,从女人的回答看来,这一切都是真的!主人公再次开始怀疑自己的记忆,直到多年以后,女人死后(故事在这里突然跳跃),他才如释重负地叹了口气,说既然她已经死了,就不能再对他的记忆构成威胁了,否则他"可能就要从头再讲一遍了",一切都可以"跟以前讲的不一样"。事实上,他或他们过去的模糊性确实暗示或需要对这个故事进行循环解读,这一点我们在韩少功的其他小说中也见过,尤其是在《红苹果例外》中。标题"昨天再会"也指出了这个循环:它指的是主人公的一个朋友,喝醉时总是把"明天"和"昨天"混在一起。故事开头的身份错误可能与这个口误有关:主人公本应该遇到这个朋友,但由于时间的混乱,却遇到了另外一个人。因此,故事一开始就笼

---

❶ 韩少功还在更多层面上运用了现实和想象的概念:在故事中,他让自己的主人公与包括作家韩少功在内的当代人物互动,从而将事实和虚构混合在一起。在其他故事中,韩少功经常以自己的角色扮演叙述者(尽管有时会有些不真实),而在这里,他只是简单地提到自己是一个配角,可以说是一个客串角色。这种随意性似乎只是简单地强调了这篇小说中的陈述不能直接归因于作者本人。这一点也可以从故事中的自嘲中看出,在他们关于记忆的简短讨论中,主人公比韩少功聪明得多,实际上把韩少功弄得哑口无言。

❷ 男主角和女主人公之间过去的爱情故事进一步强化了两个人之间信任和不信任的重要性。

罩在模糊之中。

《暗香》和《昨天再会》之间有一个有趣的相似之处。在这两篇文章中，身份错误之后就是疯狂的、偏执的回忆，再加上越来越多的自我认同的丧失。然而，在这两种情况下，主动的、被迫的搜寻和询问都是徒劳的（不确定性仍然存在），而巧合的、间接的细节，不是理性推断的，但提供了事件之间的联系。在《暗香》中，当主人公遇到他本应认识的陌生人时，一股微弱的气味似乎勾起了他的回忆，这是一个线索，然而，主人公并没有，也不能去追寻。在《昨天再会》中，一个反复出现的关于疾病的比喻将主人公与神秘人的会面联系了起来。主人公在遇到女人的时候，胃里有一种隐隐作痛的感觉，实际上胃的问题在他们的爱情故事中起了决定性作用。事实上，这些武断、回避的细节在记忆中似乎比对过去的有意、逻辑的重构更具说服力，这表现了我们在奇幻文学和偏执狂心理学理论中所看到的逻辑与巧合的相对性。这再一次强调了渗透到韩少功作品中的理性与非理性的相对性。

迷信或地方信仰

如第二章所述，迷信在《爸爸爸》中扮演着重要的角色。与韩少功自己的评论相反，在那部小说中，地方信仰并没有与现代都市观念并置，以证明对立的相对性和终极荒谬性。相反，它们讽刺地说明了外围地区的落后、孤立和惰性。因此，在这种情况下，最好使用"迷信"一词，而不是更中性的"地方信仰"一词。不过，本节讨论的文本更符合作者的评论。《爸爸爸》中的讽刺主要是叙述者对故事中人物的优越态度的结果。这个视角的问题，正是这部中篇小说和后面的故事之间区别的核心。

从表面上看，《山上的声音》讲了一个鬼故事——一个活人与一个灵魂的相遇，凭这一点就可以把它归入奇幻文学的范畴。然而，仔细观察可以发现，文本更突出的主题是叙述者兼主人公对于鬼魂信仰的立场。这个故事讲的是关于受过教育的年轻人和农村人之间不同信仰的冲突。与《爸爸爸》不同的是，叙述者（同时也是故事中的一个角色）的主观声音将这种冲突戏剧化，避免了冷漠的讽刺。此外，这个第一人称叙述者似乎就是韩少功本人，因为"我"一度提到了"我的故事《月兰》和《风吹唢呐声》"，这确实是韩少功（早期）的作品。时间也与韩少功的传记相吻合：故事发生在20世纪70年代早期，叙述者（和作者）在乡村的时期。十年过去了，80年代早期，他重新回到这个地区。文本是从后一个时间的角度来讲述的。韩少功并没有让读者相信他真的遇到了鬼，而是再次用博尔赫斯式的欺骗性自传视角来发挥作用。❶ 在一篇关于现实的不同观点交织的文章中——一种是"现代"观点，被隐含的城市读者所认同，另一种是"迷信"观点，被当地人所认同——一种对文本外现实的引用（尽管是暗示的）有趣地强化了这种相对主义的主题。换句话说，他在文本中引入了一个元小说层面。

《山上的声音》是韩少功的典型作品，将这一主题从不同层面进行了阐释，形成了一个错综复杂的整体。在故事开头，年轻的知识分子和农民之间的差异被强调为身体特征。正如在其他故事中所做的那样，后者取笑前者，因为前者不够强壮或缺乏男子气概——事实上，这经常通过性暗示来表现。学生和农民之间的这种对立是以不同信仰之间的对立来作为背景的。

这个故事很大程度上是由第一人称叙述者努力去理解关于灵魂的不同版本的真相构成的。叙述者有意识地将所有故事区分为传闻或专家意见、个人记忆或历史知识。他把这些故事放在一起，并对它们的真实性表示怀疑。由于叙述者自身的主观角色，从而避免了无谓的相对性，这些主观角色在一些关键的场景中表现了出来。首先，叙述者遇到了一个麻风病人（来自附近的麻风人聚居地），并对一个叫哈佬的当地人的说法一笑置之。哈佬说这是一个已经死了十年的人的鬼魂。事后，叙述者自嘲说，"那个时候"他太专注于革命小说而不会把农民的迷信太当回事，这也表现了革命思想和迷信思想的相对性。然而，是他遇到了鬼魂，而不是当地迷信的人们遇到了。其次，为了弄清楚哈佬所说的关于死者二老倌的故事，叙述

---

❶ 韩少功证实了这一点。个人访谈，湖南汨罗八景，2001年6月。

者将其归纳为三点（在文本中是明确的），他认为这是最无可争议的。这种理性地对待迷信和道听途说的方式，又是对知识分子的一种嘲讽；它荒诞或琐碎的内容使得总结变成一种仿制品。尤其是第三点，也是最后一点，是对琐事的讽刺性夸张：书中只提到，二老倌曾经因为把家里的过年猪赶出去卖了而受到大伯父的训斥。这一类知识分子，被自己的理性疑虑所困扰，是韩少功最喜欢的反复出现的角色之一。

除了主要的鬼魂故事情节，次要情节也反映了迷信的主题，因此故事获得了比第一次阅读时更重要的意义。它们似乎也巧妙地指向了主题：例如，在故事中没有提到鬼魂之前，主人公和他的农民同事们在夜间登山时发现了一座古庙，这座古庙因所谓的封建迷信而被政府摧毁。农民们决定把在那里找到的灯油带回家。事实上，他们的思想是实用的，这是相对性的另一个例子：乡下人似乎不像城市知识分子那么重视宗教信仰。二老倌的死也与迷信有关：故事详细地描述了他被残酷的家规所杀害。

这个主题的中心是叙述者与假想的鬼魂会面。首先，这是一个经典的奇幻小说的例子，在这个例子中，主题从正常的世界进入奇妙的世界。叙述者在黑暗的夜晚经历了一次山路之旅。在这次旅程中，寂静和月光都让人感觉奇妙而危险。几天后，在那座山中，当叙述者必须一个人穿过一个在峡谷深处摇晃的桥时，这个鬼魂或者说麻风病人帮助突然恐惧的叙述者穿过它。这些文章中的仪式象征不需要进一步解释。此外，以一种让人联想到《暗香》的方式，强调与主角会面时的孤独感。由于没有证人，他的说法仍然是不可靠的。这里得到了文本中一个相似例子的支持：在村庄时，夜晚，叙述者反复听到山上传来的神秘声音。只有一个夜晚他没听到。他感知的不可靠性或模糊性并没有明确或直接地与鬼魂联系在一起，但由于它的相似性和对故事标题的引用，这种模棱两可可以理解为文本的一个主要主题。故事结尾再次强调了不确定感的主题，第一人称叙述者在帮忙迁坟以修建新路时，在二老倌的坟墓旁发现了一支和他多年前为感谢二老倌鬼魂的帮助给他的同一牌子的香烟。正如我们在故事《余烬》中看到的那样，在中国传统奇幻文学中，这种"从另一个世界带回来的纪念品，作为对这段经历的提醒"是很常见的。❶ 然而，叙述者在故事的最后说，这也可能是"什么陌生过路人无意间的遗落"。谜团就这样被完整地保存了下来，无论迷信还是理智、理性都没有给这个开放的结局提供答案。

《山上的声音》让我们想起了比之早十年的一个故事《雷祸》。故事的主题与之相似：一个人被球状闪电击中而死亡，引发了村民的迷信和一个乡村青年的科学、医学知识之间的对抗。两个平行的预测是故事的基础：当乡村青年三伢子预测到了打雷闪电时，梓成老倌不信。梓成之前咒骂了死者，使他惊愕的是，他的咒骂变成了现实。这又使得他反过来不相信三伢子。在这篇讽刺性的文章中，梓成回应了三伢子的反对，他说自从"四人帮"倒台后，政策开放了，迷信就又被允许了。三伢子开始怀疑自己的信念，因为他无法解释某些共识。无论如何，在农民们迷信的言论中，他的理性言论显得可笑。就像韩少功的其他故事一样，农民们过去常拿城市青年开涮（比如他们缺乏体力）。在故事的结尾，当死者被救活送去医院，家人向雷鬼献上祭品的那一刻，一个新生儿诞生了。虽然叙述者没有对此作任何评论，但却暗示了一种生与死的循环。迷信在抬这个人去医院的过程中泛滥主要体现在：除了这个人似乎没有得到村民的爱戴之外，几乎没有任何有关他身份（也没有姓名）的信息；因此，起初没有人愿意抬这个人，但由于出现了无法被迷信解释的流血症状，人们仍然继续抬着他。集体信仰因此压倒了私人纠纷，韩少功将被雷击中的人（故事的核心）置于没有身份的位置，在主题上就是一个例证。

这个早期的故事（20世纪80年代中期）和《山上的声音》（90年代中期）之间没有太大的区别，更不用说演变了。在这两个故事中，古代的地域观点和现代的城市观点之间都有一种平衡，因为核心知识分子仍然持怀疑态度，而且不偏袒任何一方。《山上的声音》中的第一人称视角显示了主人公内心的疑虑，《雷祸》中的第三人称视角，既幽默地对被流放的

---

❶ 高辛勇（Karl S. Y. Kao）：《中国古典志怪小说》，布卢明顿：印第安纳大学出版社，1985年版，第31页。

年轻人和乡下人表示同情又表示嘲笑，从而使事情有了新的视角。

逸事与边缘历史

正如我们上面所看到的，中国小说的起源，不仅在于志怪与正规的历史传统的分离，而且在于与其他各种非正式的史学形式，如野史、外史、别史，以及稗史和别传的分离。❶ 韩少功对这些奇闻逸事和边缘历史非常感兴趣，但其原因与他的前辈们不同。他不是写或改写非官方历史，而是对它们采取一种自我意识的，或超理性的态度。他把它们结合在自己的叙事中，使它们成为情节或评论中的功能性元素。事实和虚构的问题、不同程度的真相问题，都将在这些叙事里浮出水面。

《史遗三录》是一部短篇小说（所有版本平均5页，是韩少功最短的一部小说），由前面的引言和三篇只有一页的故事组成。事实上，在这种情况下，如果不是因为引言明确地提出并把它们归类为野史，那么就有可能被说成是一种预谋的元小说；叙述者有意识地表达自己的理由和目的，这确实在他和"记录"之间制造了一种距离，并给幽默和讽刺留有余地。笔者认为引言也是文本的一部分，不像全国小小说奖的评委，他们只选择了三个故事中的一个。《史遗三录》实际上是对经典野史（韩少功将其更名为"史遗"，发音几乎与之完全相反）的滑稽模仿。《史遗三录》的有趣之处就在于，它的形式和主题（甚至内容）都指向了他10年后出版的小说《马桥词典》。

引言部分，作者首先对古典体裁进行了真实的当代模仿。从传记的匹配程度来判断，小说的主人公几乎可以肯定就是韩少功自己，这一事实增强了小说的真实性。故事中的"我"声称自己是在湖南汨罗地区乡村生活期间收集了素材。"我"接着举了一些在汨罗土地上遇到的众多奇事异物，然后总结说，这些奇事异物"方志恐早有述录，无由我赘墨"。读者被引导，对耸人听闻的奇事异物的期望被激起，然后受挫；叙述者继续写道：

---

❶ 浦安迪：《中国叙事文：批评与理论文汇》，普林斯顿：普林斯顿大学出版社，第319页。

"然有三两凡人琐事,难入正史",因此,如果作者没有出于同情而把它们写下来,它们就会散逸;接下来就是三篇小小说。韩少功实现了某种后现代的突破,或者说,是对记录那些引人注目的奇怪事物的传统的更新,将注意力吸引到不显眼的事物上,而他的史遗确实是对野史的旁注,是旁注中的旁注。他继续使用传统的逸事和传记形式,是有道理的,因为毕竟——正如他所传达的信息一样——琐碎的和奇怪的东西都偏离了主流,因此同样有资格被当作非官方的历史。在对中国古典文体的模仿中也可以看出这种戏仿。无论引言还是故事正文都有密集而又简洁的四字表达和传统的语法成分。

这些"历史遗失的记录"乍一看是对"小人物"的描绘,然而,这些小人物都隐藏着非凡甚至辉煌的一面。第一个故事《猎户》,讲的是一个拥有绝技的猎人:他能通过老虎的粪便预测老虎的大小、行为等。第二个故事《秘书》,讲的是一个秘书(下级的工作本身强调的是不可名状的性格,就像在故事中"意外必然发生"一样)提前写了一篇未发生事件的新闻。县府某部长阅后批评其主观主义官僚主义,但他对新闻事件发生过程的判断似乎是正确的,所以被继续按照这样的方法写新闻稿,"省得临时手忙脚乱"。至此故事就结束了。讽刺文学和奇幻文学之间的界限并不分明。第三个是最后一篇,也是获奖的故事《棋霸》,它至少没有讽刺意味。更确切地说,这是一个关于棋霸的悲剧故事。主人公是一个类似于《爸爸爸》中仁宝的角色:对于韩少功塑造的典型"小人物"局外人,叙述者嘲笑他们幼稚的傲慢和固执,但同情他们的软弱和孤独。这三个主角再一次代表了一种离经叛道。尽管秘书神奇的洞察力讽刺怪诞,还是植根于韩少功对真理和想象的相对论游戏。此外,小角色出色的技能让我们想起庄子对技艺娴熟的工匠的偏爱,如庖丁解牛的屠夫:不一定是有学问的人,而恰恰相反,只有普通人才能够理解和掌握,例如熟练应用常规性的工艺。❶考虑到《庄子》对韩少功的明显影响,这或许可以解释在他的作品中为什么出现了许多这样的人物。这可以联想到《爸爸爸》中的歌手德龙。下面

---

❶ 伯顿·沃森:《庄子全集》,纽约:哥伦比亚大学出版社,1968年版,第6页。

讨论的故事也提供了一个很好的例子。

在《北门口预言》中，第一人称叙述者，与作者本人非常相似，是一个知识分子，以一种看似毫无情节的方式描述了一个叫北门口的地方，讲述了当地的历史、习俗和信仰。自反性是很明显的，例如，在接近结尾时，叙述者告诉读者"这篇文章将要结束了"，但他想"也许还可以附带说一说另一件事"。这句话的随意性很符合文章表面上的松散结构：大量描述北门口的各种特征似乎只是提供信息和让人娱乐。最重要的是，在这篇文章中，他使用了一般的术语"文章"，而不是"小说"。韩少功在一次采访中说，就他写作的发展而言，他希望用"写作"来代替"小说"一词，以试图摆脱20世纪小说作品的某些方面，即对主导性情节的要求以及散文与小说的分离。他提到了"文"和"诗"的本质区别，前者包括哲学、历史和小说，《庄子》是一个例子。我们将在第四章来讨论这个问题。❶

叶纹（Paola Iovene）曾说过，《北门口预言》文本不仅涉及历史与故事的对抗，而且涉及现实与叙事之间的裂痕。❷ 文章由许多零碎的故事组成，逐渐围绕着诅咒和预言展开，这个诅咒和预言来自民间对北门的描述——那里曾经是一个行刑场。这里流传着一句诅咒："北门口去啃泥巴"，没想到这个诅咒在一个叫王癫子的长官身上应验了。过去，他在当地倡导新制、号召富人减租，但却成了典型的韩少功式的反英雄，人们认为这个官伪善，对他不满和厌烦。他被新来的军队杀了，多年后（就在叙述者访问这座城镇的时候），在北门口的考古发掘中发现了一批石俑，一位老妇人说其中有一尊和王癫子很像。叙述者若有所思地说，王癫子就这样在北门口啃了泥，他个人的解释给当地的这个说法提供了历史的佐证。

穿插在这个故事中的还有一个有名刽子手周老二的故事，他对王癫子执行了死刑。周老二是类似《庄子》中技艺高超屠夫的又一个例子。他作为一名刽子手，其技术甚至接近庄子所说的屠夫。叙述者以幽默讽刺的笔

---

❶ 与韩少功的个人访谈（海口，1998年6月）。
❷ 叶纹（Paola Iovene）：《韩少功在历史和故事之间》，《以词语的形式》1999年第1期《另一种中国：九十年代的诗人和小说家》专辑。

调刻画了周老二。他引用当地人的话说,周老二"杀得好","杀出了新规矩"。此外,周老二在叙述者访问时早已隐退,但他仍然习惯用一种例行公事的,甚至是温柔的眼神看着人们的颈根,这与庄子对道的看法很接近。正如杀戮被矛盾地视为一种美丽的艺术一样,这个故事的矛盾更多地聚焦于刽子手而非真正的王癫子,实际上是把王癫子——一个历史上著名的人物——变成历史上一个无名的边缘的受害者。事情的经过是这样的:周老二对王癫子执行死刑后,背上长了一个毒疗,这被认为是杀死好人的报应,然而这个毒疗奇迹般地痊愈了。诅咒与报应是传统传奇的经典主题,但"毒疗"的痊愈却颠覆了传统传奇中共同的道德观。

  从对传统价值观的颠覆来看,《北门口预言》可以看作一种现代传奇;还有另一个原因,与文本中的主要预言有关。在叙述者到达的十年前,传说一位老人曾预言,十年后这里将土里出金,河里流血。叙述者若有所思地说,这些挖掘出来的石俑可以看作土里出金,又碰巧当地一家化工厂把北门口附近的河水染成了红色。这一典型的当代性参考也给了文本一种浅显的现代感。文章的最后,叙述者打算向当局报告这起污染事件。由于这篇文章与文本的情节(无论多么支离破碎)无关,因此很难被认真对待,它可能被理解为对传统文人和当地逸事的讽刺引用,这些人通常是被任命到偏远地区的官员。在这篇文章中,韩少功以三种方式将原本边缘的东西集中起来:一句当地的谚语成为历史,一个熟练的刽子手超越了英雄的受害者,以及一个预言成真。❶正如叶纹(Paola Iovene)所指出的那样,文本的碎片性可以解释为,对现实的集中版本的不信任,实际上是对以任何形式来捕捉现实的尝试或叙述的"义务"的不信任。

  在《鞋癖》中,可以找到同样的原则,这里强调的是对现实的个性化解读。在这部小说中,非官方的历史与作者的个人生活有关,在未经许可的现实形态与真实的个人现实之间产生了一种张力。《鞋癖》可能也是自传体的,例如,作为第一人称叙述者,文中明确提到了"我"的半自传体

---

❶ 叶纹(Paola Iovene):《韩少功在历史和故事之间》,《以词语的形式》1999 年第 1 期《另一种中国:九十年代的诗人和小说家》专辑。

小说《女女女》以及"我"于 1988 年移居海南。然而，就像《山上的声音》等其他故事一样，韩少功以戏谑性来破坏文本与现实的关系。

在《鞋癖》一书中，叙述者的母亲在丈夫于"文化大革命"初期失踪后（这与韩少功自己的传记相符），一直被对鞋子的痴迷所折磨（购买、制作、收集鞋子）。母亲的鞋癖也反映在叙述者的偏执上：家里出现的奇怪现象（盘子自己裂开了）让他怀疑父亲可能还在身边，因为父亲的死亡还只是推测，并没有得到证实。所有有关父亲死亡的具体证据（例如警方提供的）都显得模棱两可，在故事的结尾，叙述者实际上在"未来的某一天"与父亲进行了一场想象中的对话。与韩少功的其他故事一样，这种幻觉是完整的。在此之前，叙述者发现了一本古老的书，名为《澧州史录》，这是一部"野史"，讲述的是清代在他母亲的家乡（湖南农村）发生的一场起义。朝廷镇压叛乱后，下令砍下 600 名"乡癫"的脚并堆放在一起。叙述者若有所思地说，这一定与母亲的鞋癖有关。在他想象的与父亲的对话中，父亲告诉他，起义确实发生了，而且在传统意义上，鞋子在母亲的家乡的确很重要，因为那个地区的妇女没有裹脚的习俗，都有一双大脚。懂得如何制作鞋子被认为是一种美德，而且鞋子也是非常重要的礼物。

显然，韩少功在这里并不仅仅是因为地域情结而描述民俗。首先，他将其与叙述者的个人命运紧密联系起来，即试图用民俗来解释叙述者母亲的鞋癖。这个故事的自传式层面强化了这种印象。其次，有一个小小的讽刺，即认为裹足在那个特定的地域文化中并不是一种习俗，这无疑表明韩少功并不是在进行典型的中国地域风情写作，而是以一种幽默的方式来批评它。这些都非常符合叙述者的假设，但是读者一定不能忘记是叙述者自己幻想出来了父子相遇的情景。此外，他想在会面时向父亲展示的《澧州史录》却突然丢了，留给读者的信息更少了。父亲失踪或死亡的情况以及母亲的鞋癖产生的原因尚不清楚，并且相互交织在一起，模糊不清。事实上，母亲的鞋癖也变成了叙述者的偏执，因此文本直到结尾都是含糊的。

小说的有趣之处在于韩少功作品中另一个普遍存在的主题——自我认同，就像在《归去来》和《女女女》中一样，与一种模糊的寻乡情结交织在一起。父亲失踪后，贫困迫使母亲带孩子们离开长沙，前往农村寻找叙述者的小姨。然而,当他们到达时,他们感到十分陌生。首先,他们不懂语言,从叙述者的矛盾言论中可以清楚地看出:"当周围的口音越来越异生以至于完全难懂的时候,我们就到了目的地。"他们投奔小姨家也以失败告终。由于政治原因,小姨无法接待家人,她不得不与家庭决裂("文化大革命"期间的普遍现象),所以他们只能返程。他们经历了一段漫长的旅程,这使得叙述者认为他母亲的鞋癖实际上是看清了事实:她早就知道他们会无家可归,需要在外漂泊很长一段时间。当他们在县城停留时,叙述者晚上外出散步在回旅馆的路上,他迷路了,闯入了一户陌生的人家。令他惊讶的是,这所陌生的房子对他来说似乎很熟悉,因为它看起来就像是父亲曾经向他描述过的最喜欢的地方:"我发现这正是我要寻找的家。我走了进去。"之后是第七章,叙述者幻想着与父亲见面的情景,故事至此结束了。

因此,在一个陌生的,甚至可能是想象出来的房子里找到一个家的矛盾却并没有得到解决。就像《归去来》一样"熟悉的和未知的交织在一起,现实和想象交织在一起"。对再次见到父亲的渴望和对家的渴望(也是从第六章过渡到第七章的一种具体的愿望并置)表明,这两项追求是相关的,就像《女女女》一样。两者都可以被看作寻找起源,就像故事《谋杀》一样,而这两个寻找都是徒劳的,这一点从小说的漂泊的家庭形象与鞋子(鞋子是用来行走的)的联系中可以看出来。小说结尾的意象也强调了对起源、归属、休息或自我的无休止地寻找,就像韩少功的大多数故事一样,中心主题在故事的最后一段中得到了反映。当叙述者找不到《澧州史录》时,他的妻子给了他一本万年历。翻看这本万年历,从过去到未来,叙述者对永恒的时间感到十分困惑。就像《归去来》和《女女女》一样,我们不得不再次得出这样的结论:这种追求是徒劳的,尤其是考虑到刚才提到的矛盾,韩少功对它的看法仍然是模棱两可的。

结　论

对韩少功的短篇小说和中篇小说进行主题化处理,要比按时间顺序或以专题的方式更好。诚然，他关于孤苦者与社会的关系的著作大多可追溯到20世纪80年代中期，而更多的元小说则是在20世纪90年代初完成的。然而，这种发展也可以从中国许多当代作家的作品中看出：从社会政治导向的文学向现代主义实验文学的转变是那个时期的特征。这样一来，韩少功作品的特质就无法用这个元素来形容了。此外，从主题上讲，不同时期的文本呈现出许多对应的内容，这就引出了下一个问题：具有不同主题的故事——城市或乡村生活、知识分子或农民角色、政治或个人主义主题——都有相似的潜在主题。事实上，这种主题的统一性表明需要对早期的学术研究进行批判性的重新评价。

这三个主题：身份、现实与想象、元小说之间是相互关联的。精神错乱和偏执主题的中心思想与其说是孤苦者和他所处的环境之间的对立，不如说是对现实的不同看法之间的对立，或者更确切地说，是想象和现实之间的对立，这就使这些故事与奇幻文学之间建立了联系。现实和想象的主题被转到元小说层面。毫不奇怪，我们发现在许多故事中，这三个主题（或它们的从属主题）是重叠的。总而言之，这三个部分的共同之处是对立面的相对性，正如我们在韩少功最著名的作品《爸爸爸》《女女女》和《归去来》中所看到的那样，这最终导致了现实与虚幻、真实和不真实的二元性。浦安迪的理论对此有精准的阐释。相反，从韩少功的其他作品来看，对他最著名的作品的解读也具有合理性。他的作品并非像人们通常想象的那样寻求民族主义和文化根源，而是对古典文学主题和形式的探索。

但这不仅仅是回归古典文学。正如我们看到的，韩少功在他自己独特的带有卡夫卡和博尔赫斯感觉的现代风格中探索了现实的局限性。韩少功的身份、奇幻和元小说主题——并非巧合，这也是早期欧洲现代主义的重要主题——都深深根植于对日常生活细节和琐碎的现实主义关注之中。换句话说，他把两极、两个世界、这个和那个颠倒过来，紧密地结合在一起，实际上是使它们融合在一起。韩少功对真实与虚幻之间的细微差别的持续关注，也体现在他对半自传体第一人称叙述者的使用上。通过这种方式，他与博尔赫斯一样，创造了一种虚假的可靠性或真实性，随后他又破坏了这种可靠性或真实性。出于同样的原因，读者在解读文本外的中国现实时应该小心谨慎,因为韩少功在使用中国历史、政治或民间传说的元素时,是以幽默的方式,并且往往把它们格式化成象征性的形式,而不是把它们当作现实的东西。此外,在所有的作品中,韩少功重复使用相似的人物、地名和表情,不是指涉,而是通过重复出现,使它们成为意象(在这个过程中,他的作品更加统一了)。这一结论在寻根文学的语境中具有特殊意义。许多学者和评论家都关注韩少功小说中的政治或民俗题材;这两种方式都显示出对地域文化的偏爱,而非真正的文学兴趣。读者通常把民间传说和神话解读作为寻求文化认同的一种元素,而很少把寻根文学视为一种新的兴趣——在五四运动和毛泽东时代盛行的社会参与之后——以中国古老的文学体裁如稗官野史、逸事文学的形式出现。

  这种对形式的强调也影响了笔者对韩少功作品的理解。它们的主题统一可以从韩少功的作品中看出:每一篇文本都是一个复杂、简洁而又多层次的整体,值得细读。例如,二元性的主题表现在一个经常重复出现的故事结构中。在主题开头,二元性或矛盾的主题并不明显,故事发展缓慢,直到不同的故事情节和动机在一个充满矛盾的(混乱的)运动中交织在一起;在故事结尾,经历了混乱之后,人们安静地听天由命。鉴于韩少功文本的丰富性,李欧梵指出,韩少功的中篇小说《爸爸爸》的"观念结构""具有长篇小说的意味,而韩少功的叙事语言却无法完全支撑它。"❶ 可以这么说,韩少功的专长恰恰是通过有意识的结构和轻松且相对性的笔触来写短篇作品,而不是那种多少有点消极的方式。因此,笔者在前两章中对韩少功文本的详细分析是受到了韩少功文本本质的启发;与此同时,它们也让笔者能够比迄今大多数学术出版物提供更细致入微的观察,这类研究一般都倾向于从韩少功有关寻根文学的评论出发来看待他的作品。笔者对大量韩少功作品进行了广泛的讨论,目的是避免仅仅基于一两个文本就对作者的作品做出笼统的、可能具有误导性的假设。

---

  ❶ 李欧梵:《后记:对中国现代小说变迁与延续的反思》,魏爱莲(Ellen Widmer)、王德威编:《从五四到六四》,剑桥、伦敦:哈佛大学出版社,1993年版,第381页。

第四章　词与物:《马桥词典》

韩少功的第一部长篇小说《马桥词典》出版于1996年，可以看作他自1985年来新的创作之路上的一次临时创获。❶这部词典形式的小说将韩少功的文体实验推上一个更高阶段，与此同时，他之前创作中的许多主题也汇聚于此。韩少功在其1985—1995年间的短篇小说和中篇小说中，对他1985年以前早期作品中的素材进行了重新利用，并从不同的主题角度进行了处理。在《马桥词典》中，他又一次回归1985—1995年这一时段小说文本中的诸多素材与主题。显然，这次他的研究主要视角是语言。

《马桥词典》与一个叫"马桥"的虚构的村庄有关，正如文本所说，它坐落在现今湖南的东北部。熟悉韩少功作品的读者对其这一地域设置一点都不奇怪。特别是1985年以来，他很显然受到这一地域文化的启发，并力图借此恢复与中国传统文学的联系。诚如第一章所述：韩少功知青时期下乡的这一地域邻近汨罗江，传奇诗人屈原自沉于此，韩少功认为在这里楚文化依旧存活着，它保存在少数民族文化中，较少受到革命与现代化之影响。在他看来，这种直觉思维占主导地位，理性与非理性相融合的南方半原始整体文化的精神，比理性和实用的北方新儒家文化更有利于艺术创作。当然，这更因它与老庄传统密切相关。❷对楚文化的宽泛定义，包括对屈原《楚辞》重要性的强调（屈原并非楚地人，而且他的著作身份也常被现代学者所质疑），都合乎通常的传统观念。本书第一章表明，韩少功的主要目的不在于考察历史的真实可靠性，而在于表达个人的审美观。经由下面的论述，这一点将变得清楚明了。

从题材来看，自1985年迄于《马桥词典》，这期间的韩少功主要对

---

❶ 《马桥词典》最初发表于《小说界》1996年第2期。除非另有说明，本书随后的相关引用均出自作家出版社出版的第一个单行本（韩少功：《马桥词典》，北京：作家出版社，1996年版）。

❷ 韩少功、夏云：《答〈美洲华侨日报〉记者问》，《钟山》1987年第5期。

湖南东北地带的民间习俗、传说以及民众信仰等兴趣甚浓,而他首次探查到楚文化的踪迹却是在语言中。他的《文学的"根"》开篇就声称某些方言词汇"能与楚辞挂上钩"❶。在这部词典之前,韩少功在小说创作中也间或使用方言词汇和典型的表达方式,但十年之后他最终集中于研究这些方言词汇本身。正如他在词典"后记"中证实的,这部书实际上是作者多年来致力于搜集该地域方言词汇的成果。❷ 通过关注方言词汇本身而非其所指事物,词典形式使得韩少功可以更强烈地展示庄子式的语言相对性与含混性,这一特征也渗透在了他的短篇与中篇小说中(见本书第二、三章)。在韩少功看来,一方面,许多方言词汇本身展示了楚文化中典型的理性与非理性的混杂状态;另一方面,他对词语如何从社会或历史语境中接收意义也感兴趣。韩少功是通过词典与小说、虚构与散文的有趣融合来贯彻其理念的。

词典抑或小说

因其明显的主观叙事和线性的故事情节,《马桥词典》能够而且应该被称作一部词典形式的长篇小说。❸ 它首先是一部个人的词典:第一人称叙述者贯穿始终。叙述者不仅对词汇本身进行简单界定,还经常描述他与陌生的语言以及陌生群体之间的令人困惑的冲突。通过这样的方式,他与马桥的人物、环境相互作用,产生了关联。读者逐渐了解到,第一人称叙述者是一个被下放到僻远而闭锁的乡村的知青。这不仅表现为"我们知青"之类的话语,而且也通过描述知青与村民间的冲突来呈现。在邻近文本末尾的两段对话中,我们了解到第一人称叙述者的名字:在第 342 页,一个人物称呼他为"少功叔";在第 384 页,他被称作"韩同志"。这些汉字确实与小说封面上的作者名相对应。作者韩少功与叙述者韩少功间的关

---

❶ 韩少功:《文学的"根"》,《作家》1985 年第 4 期。
❷ 韩少功:"后记",《马桥词典》,北京:作家出版社,1996 年版。
❸ 文学杂志《小说界》和《韩少功自选集》(北京:作家出版社,1996 年版),都将《马桥词典》归类为长篇小说。

系并非反语性的,作者韩少功在"后记"中就主张"这当然只是我个人的一部词典"❶,叙述者很明确,他自身就是词典作者。叙述者一再申明,在词典中,他对词语提供的是个人的理解;对一些词语的定义,也表达了自身的怀疑。而且,如果有必要,他还会引用其他词典或参考书。其他情形下,他清楚地表明词条对他个人而言意味着什么,这经常导致相当诗意词条的产生;抑或,他甚至会告诉读者他特别喜欢某一表达。❷ 在一次访谈中,韩少功谈起一桩趣事(这表明,小说与词典的边界确乎被打破了):他曾收到人类学家与语言学家的来信,他们在信中感佩他新的洞察与发现。然而,他不得不提醒他们,鉴于他给自己的个人想象力留出了相当大的空间,他们不应以学术态度来看待书中的一切。另外,词典中有些词语甚至来自韩少功个人的创造。❸

乍一看,这部书看起来像一本真正的词典:它由单个的词条组成,有一个词语索引并按汉字笔画数编排而成。不过,正文中词条本身的次序不是任意的,它显露出小说的结构。不仅几乎每个词条本身包含了一个解释该词的故事,而且在许多情形下几个词条共同构成一个故事。有时,连续的几个词条围绕某一个人物讲述具有承接性的故事,其在分量上堪比一部内容充实的中篇小说。❹ 还有其他情形,围绕某一语言主题(社会等)形成的词语关联也将词条连接在一起,比如语言和权力的主题❺,或一系列的诅咒、誓言、咒骂等❻。从整体层面来说,小说没有一个主要的情节,它实际上由许多故事组成,并通过其他方式结合在一起。随后,我们将对此有所分析。

---

❶ 韩少功:《马桥词典》,北京:作家出版社,1996年版,第401页。"后记"也曾作为单篇散文以更明确的标题《我的词典》发表[见韩少功:《韩少功散文》(上),中国广播电视出版社,1998年版,第273-277页]。

❷ 例如,词条"散发"中有如下一句话"这是《马桥词典》中我比较喜欢的几个词之一"。参见韩少功:《马桥词典》,北京:作家出版社1996年版,第105页。

❸ 与韩少功的个人访谈(荷兰布雷达,1996年6月)。

❹ 比如关于人物铁香的故事。参见韩少功:《马桥词典》,北京:作家出版社,1996年版,第215-240页。

❺ 韩少功:《马桥词典》,北京:作家出版社,1996年版,第174-192页。

❻ 同上,第276-296页。

所有故事都围绕马桥一定数量的人物、地点、事件而展开，而且在进行了具体介绍之后，它们还会于整部书中复现。因此，读者不能把《马桥词典》当作一部真正的词典来使用。若仅仅查阅某个特定的词语并开始阅读，将很可能缺乏必要的信息去完全领会它的意义，比如对前面词条介绍过的某个人物的理解就是如此。另外，人们还会遇到在前面的词条中已被解释过的、后来使用过的不熟悉的方言词汇。这部书是一个错综复杂的整体，它适合进行线性的阅读。韩少功曾说，他有一个初衷，希望能够按首字笔画索引来排列正文词条的次序，这将使读者可依据笔画查阅词条首字并因此决定阅读的起始。然而，考虑到手头素材，他总结道，以此方式组构小说，其故事情节及发展将变得太碎片化，于是他放弃了"那一高远的想法"❶。这部书具有实验性，甚至包含一些相对传统的小说要素，比如，在书的开头部分，一些词条涉及马桥村与罗地的历史与地理信息，这好比传统小说中对行动之环境的一个介绍。不过，有时作者也会使用一个从未被阐释过的马桥方言来诱导线性阅读的读者，在这种情形下，他会在文本中以括号的形式插入一个参考文献："（参见某某词条）"，由此有趣地强化了文本的内在连贯性。

最初的期刊版包含另一个有趣的因素，它涉及文本的属性问题：是词典还是小说？这一问题在随后出版社出版的单行本中被隐去（包括大陆版、香港版和台湾版）。在杂志的"编辑者序"中，编者解释了他们接受来稿的缘由：

> 编撰者韩少功为著名文学家，写过《归去来》《爸爸爸》《女女女》等很有影响力的作品，笔下多有小说笔法和散文笔法，行文不那么符合辞书的传统体例。考虑到这本词典的特定内容，考虑到辞书的形式也有探索发展的空间，我们鼓励他大胆实验，保留自己的撰述风格。❷

这一番话有些异常，对一个词典编辑来说，它看起来似乎不完全贴

---

❶ 与韩少功的个人访谈（海口，1998年6月）。
❷ 韩少功：《马桥词典》，《小说界》1996年第2期。

切。这让我们产生了一个疑问：它的写作者不是别人正是韩少功自己。这随后也得到了证实。在作家出版社出版的单行本中，"编辑者序"被改换成了"编撰者序"，除了上引内容被去掉以及将编辑者的"我们"变成编撰者的"我"以外，其他内容完全相同。最初的版本表明，这是韩少功有意地将有关小说形式实验的观念转变为有关词典的形式实验。而且，这一有趣的修饰手法揭示了弥漫全书的颇具代表性的相对主义精神。

相对性

韩少功有关语言相对性的主题通过两种方式得到呈现，一种是通过马桥方言中的代表性词汇的方式，它们表现了某种含混性或将相反的意思结合在一起；另一种是通过一些特定的词语，它们在马桥的意义与实际正统词典中的意义不同甚至相反。词条"栀子花，茉莉花"❶是第一种方式的很好例证；同时，它也表征了小说与词典是如何融为一体的。第一人称叙述者告诉我们，马桥人习惯于用模棱两可的方式进行表达，比如："吃饱了，吃饱了，还想吃一碗就是""我看汽车是不会来了，你最好还是等着"。来自马桥以外的人，包括第一人称叙述者，都很难适应这种语言的形式，在他们看来，这不切实际，令人大伤脑筋。在马桥方言中，"栀子花，茉莉花"式的表述让人产生这样的感觉：某人或某事既可以是这样也可以是那样。叙述者随后描述了一个他不得不处理的具体案例：马仲琪的死。由于村民们众说纷纭，叙述者始终没能搞明白马仲琪究竟是怎么死的。一长串的议论如下："仲琪一直思想很进步，就是鬼名堂多一些""仲琪从来没有吃过什么亏，只是运气不好"等。在叙述者看来，事实本身似乎很简单：仲琪日子过得很艰难，忍不住偷了一块肉。他被抓，被迫写了份检讨书。之后他出于羞愧，自杀了。不过，当叙述者从仲琪的人生与性格中寻求更深层原因的时候，他又发现难以真正解释仲琪自杀的必然性。最终，"一种栀子花茉莉花式的恍惚不可阻挡地"向他袭来。

---

❶ 韩少功：《马桥词典》，北京：作家出版社，1996年版，第362—364页。

许多词条有着类似的结构：一开始，它们都有一个出乎意料且常常意趣横生的界定。这还需要通过一个具体的事例（人物故事）来解释。在"栀子花，茉莉花"这一词条中，关于仲琪的一长串歧义百出的议论是产生迷惑性和喜剧性的要素，同时，它使这种含混的思考方式更令人信服：不管这些表述如何纷乱，它确实逐步地为我们呈现了一个有关仲琪死因的戏剧性片段。自此，事情变得更加麻烦了。为试图搞清楚模棱两可的意思，叙述者必须依赖于他自身对人物的了解。他构造了自己的故事：在这个词条中，他试图去想象在那个不幸的日子里仲琪的所思所想。人物与第一人称叙述者愈加靠近，正如词条最后一句话所表征的："如果他还在我的面前并问我'要改变命运，他还有别的选择吗？'……一种栀子花茉莉花式的恍惚不可阻挡地向我袭来。"[1] 至少在那一刻，叙述者不再是马桥的局外人；他已经接触到了这一地域文化中非逻辑的逻辑。同时，第一人称叙述的视角让读者对于"栀子花，茉莉花"式的感受有了一定的体验。因此，韩少功被一个特殊的词诱导着去对人类生活的某个方面进行普遍性的观察。更为重要的是，词典显示出小说的特征：通过主观化的叙事，词语不再被束缚在一个固定的定义上，而是被体验，并随之鲜活起来。

词条"科学"采用了类似的结构方式，与《马桥词典》中许多词条一样，它还具有随笔的特点。它也产生了类似的诱导性。首先，它通过具体的逸闻趣事来给词义奇异的阐释。作为知青的叙述者试图说服村民去接受一些科学上的改良，但他们的拒绝让他诧异。在叙述者建议下，虽然村长认可担岭上晒干的柴要比担刚砍下的湿柴轻便得多，但他依旧坚持他的老办法，担着湿柴往岭下走。他认为，如果连柴都不想担了，这生活也就没什么意义了。叙述者反驳道："不是不担，是要担得科学一点。""科学？"村长回应道，"这不就是学懒！"他补充说："科学来科学去，看吧，大家都要变马鸣！"

我们随后要谈到的马鸣，是词典中前面词条介绍过的一个人物。他是

---

[1] 韩少功：《马桥词典》，北京：作家出版社，1996年版，第364页。

将"科学"一词引入马桥的人。没有"神仙府（以及烂杆子）"❶这一词条，读者很难明白有关"科学"一词新的或别样的意义。其实，这个词条包含了一个指向词条"科学"的参考文献，有意令人焦灼地悬置意义的阐释。在村民眼中，马鸣是一个懒骨头。他不与其他村民一起在地里劳动，也不参与任何集体活动，比如一起打一口公用的井。还有，他不吃嗟来之食，不用他人的水，因为他的原则是：他没有为村子做过事，所以无功不受禄。为满足基本需要，他乞讨或者有时候去偷窃。马鸣有他自己的逻辑：回避所有社会责任是获取自由的唯一路径，就好比一个隐居的道士一样。他与类似的其他四个人一起住在一幢废弃的老屋里。村民们戏称他们住的是"神仙府"，称马鸣的同伙为"四大金刚"。他们五人整日游荡在山水间，享受良辰美景，因此难免要低看那些"吃了为了做，做了为了吃"的村民们。马鸣喜好引经据典，鄙弃简化汉字，钓鱼也有讲究——醉翁之意不在鱼而在道……当然，他们还会谈论各种各样的科学方法。比如，他不将食物煮熟，选择生吃。人们认为他懒得架一口锅，他却说这样健康、科学。从他的住处到小溪有个坡，他按科学方法走"之"字路，挑回一担水要一个小时，而村民们五分钟就够了。村民认为那样做是荒谬的，他却认为可以节省力气，这就是科学。

  鉴于这个词条，马桥人为何对"科学"一词有负面评价就变得更清楚明了。"科学"词条末尾致力于在理论上详尽阐释如下问题：与词语进行心理或情感上的关联能对人们的生活产生什么影响。尽管如此，文末叙述者并不相信他的理论能够简单地解释为何马桥人对科学唯恐避之不及："我只能说，应该负责的，可能不仅仅是马鸣。"这里进一步表明，在科学与懒惰间画等号，乍一听颇有趣味，不过经过对人物故事的处理，它导向了一个有关人类总体性反思的结论。一个类似的例子是词条"甜"❷。马桥人将他们吃的任何东西都一言以蔽之：甜。（叙述者反讽道，在饮食文化颇为发达的中国，这是多么奇怪的事！）是味觉的粗糙造成了味觉词汇的

---

❶ 同上，第32-39页。
❷ 韩少功：《马桥词典》，北京：作家出版社，1996年版，第16-19页。

缺乏，还是味觉词汇的缺乏影响了味觉的区分能力？词汇与物象，孰先孰后？进一步的观察显示，他们将所有初次接触的外来食品都叫作"糖"。叙述者分析道，这也许并不令人奇怪，很多年后，他接触到一些西方人，把所有中国人能区分的刺激性味道都叫作"hot（辣味）"。另外，绝大多数中国人不是也把所有外国人都叫"老外"，正如西方人难以区分上海人和广东人一样？将陌生的对象笼而统之似乎是一个普遍现象。在内容层面，词条"科学""甜"的解释或许不算特别新颖；然而，在形式层面，它们的开放性或含混性确实合乎语言相对性的主题。

  词条"神仙府（以及烂杆子）"也适合相同的主题：就其本身而言，它试图在同一个个体身上将神仙与游手好闲者的观念结合起来。正如我们所看到的，首先是村民们与马鸣在观念上的分歧对立：前者认为马鸣是个废人并且戏称其为"神仙"，而显示了道家隐士诸多特征的马鸣，倒真渴求成为一个神仙。有关这一矛盾对立观念的表现有时趋向于滑稽可笑：当叙述者站在村民的立场与他们一起取笑马鸣时，韩少功老练讽刺艺术家的一面就间或浮现出来。这表现在如下句子中："更可笑的是，他……"在此，叙述者的视角与村民的相吻合。然而，通过随后的叙事技法——叙述者将自身放在了人物的位置，这一态度就受到了平衡与抑制。村民越来越多的嘲讽，使得马鸣愈加远离公众，最终他不再是所有官方统计与人口普查的对象（作为知青，叙述者曾协助村里做过一些统计方面的工作）。"他不再是社会的一部分"，叙述者沉思道，"既然社会是人的组合"，马鸣就"已经不成其为人"。"他终于做到了这一点，因为在我的猜想中，他从来就想成仙。"在叙述者眼中，马鸣已经成为一个真正的"仙"，因此其反讽式地印证了村民们的嘲笑行为。此外，叙述者偶然提及他曾协助做过人口普查员，这表明他甚至实际上促成了马鸣成"仙"。这一方式令人回想起词条"栀子花，茉莉花"，通过诗学转换，即坚持一种主观的叙事视角，把起初有关语言含混性的有趣事例演化为叙述者与读者之间共同的引人注目的体验。

  词条"甜"中谈到的词语与物象的关系，是一个贯穿全书的不断重现的主题。在一次访谈中，韩少功谈到这部小说，他说，有时候很难找到词语去描述一个确乎存在的对象，也有这样的情形，即词语并没有指称任何东西。❶ 这种情形的例子是刚刚提到过的词条"甜"，而一个可对比的例子是词条"下"，它代表了所有与性相关的东西。这个词有着普遍性的力量——崇高的总是与"上"相关，不道德的总是与"下"相关——韩少功怀疑，只要这个词语仍在使用，人们的偏见、对性的保守成见就难以消失。进一步来讲，每个人要掌握一些词语，以借此来了解、把握世界。因此，韩少功自问："到底是人说话，还是话说人？"❷《马桥词典》中也包含一些与此相反的词条，它们不指代实际事物。在一个词条中，韩少功对"罗"字进行了追根溯源，它指称马桥人的祖先及其所居地域的名字。他发现现今没有一个村镇以"罗"字为名，罗姓人家也很少，因此它已经"有名无实"。❸ 类似地，韩少功在另一处写道，马桥人对"1948 年"有许多指称，但他们从来不用数字本身，而是用"某某事发生那一年"来言说。滑稽的是，韩少功随后发现，所有这些事情可能并没有确切地发生在 1948 年，这使得标题词"一九四八年"成为"空无"。❹ 上述词条中，直抒胸臆的散文性段落往往要比叙事性段落多，书中的相对主义精神常常通过"有名无实""到底是人说话，还是话说人？"等凝练打趣的话得到渲染。虽然这些观察本身并不总是呈现新颖的见解，但它们确实反映了小说主题上的整一性。

楚文化

在上述词条"神仙府（以及烂杆子）"中，马鸣和他的同伙"根本不醒"。叙述者还在括号中特别提示参考词条"醒"。❺ 读者在这里会感到迷

---

❶ 与韩少功的个人访谈（海口，1998 年 6 月）。
❷ 韩少功：《马桥词典》，北京：作家出版社，1996 年版，第 93 页。
❸ 同上，第 7 页。
❹ 同上，第 108—114 页。另一个例子是一个叫"荆"的地方，曾热热闹闹、人气很旺，但现在已成为一块"荒地"，以至于韩少功评价道，荆已经成为"一个没有实际意义的名字"。（参见韩少功：《马桥词典》，北京：作家出版社，1996 年版，第 125 页）
❺ 同上，第 43—45 页。

惑，因为"不醒"与它的反义词"聪明"关联在一起。当读者依据索引翻到相关页时，他会发现，和"科学"词条一样，"醒"是一个表面看起来寻常而在马桥却有不同意义的词汇。这是一个特别有意思的词条：首先，在马桥，"醒"意义与我们所知的完全相反，其意味着愚昧无知。其次，这一意义更独特地与马桥和楚地的地域文化、历史有关，而对"科学"的特殊理解或许更多地与农村、城市间更普遍的二元对立有关。更确切地说，这实际上似乎是"能与《楚辞》挂上钩"（见韩少功《文学的"根"》）的词语之一。最后，值得注意的是，将"醒"解释为愚昧无知显然出自作者的推测，这再次让我们注意到词典与小说形式的混合。

词条一开始就说，"醒"在《辞源》中释以"聪慧""清明""理性"等，并引屈原《渔父》中的诗句："举世皆浊我独清，众人皆醉我独醒。"叙述者然后思忖：马桥人对"醒"字的不同理解是否与屈原有关。毕竟，屈原在汨罗江自沉之处就在马桥附近。叙述者认为，在马桥人看来，屈原受贬放逐罗地是令人费解的不当之举，因为罗人曾遭楚国无情驱杀，"先一步流落到这里"。但作者没有停留于简单的观念分歧上。与其他词条一样，他努力在"醒"与愚蠢无知间寻求一种诗意的调和。叙述者又一次试图进入人物的内心世界：当屈原来到汨罗江边并见到罗人，"（屈原）心里有何感想？"因"历史没有记载这一切，疏漏了这一切"，对此，叙述者只能自我想象。也许，屈原选择罗地作为他的长眠之地，是因为这里是一面镜子，可以让他一窥政治雄心与挫败、（对楚国的）忠诚与怨恨、愉悦与痛苦间的荒诞。于是，他的精神发生了某种根本性的动摇，使他对生命之外的生命感到惊恐，"感到无可解脱的迷惘，只能一脚踩空"。在楚地时，抗议和失望状态下的屈原披头散发，展示出典型的"楚狂"姿态："他是醒了（他自己以及后来《辞源》之类的看法），也确确实实是醒了（马桥人的看法）。""他以自己的临江一跃，沟通了醒字的两种含义：愚昧和明智……"

最终，叙述者推测每年纪念屈原的端午节源于一个事实，罗人谅解了败落的敌手（楚），对屈原给予了同样的悲怜。他认为，这么多年来，越来越隆重的纪念（如赛龙舟，实乃南方早有的祀神活动）是历代文人对屈原殉难的一种赞颂。这既为屈原,也在为文人自己可能的殉难寻求慰藉。然而,马桥人对这样的政治动机"冷眼"以对。叙述者得出结论,"醒"字的歧义是"不同历史定位"之间的必然结果。"以'醒'字代用'愚'字和'蠢'字,是罗地人独特历史和思维的一脉化石。"这一词条中,小说与散文的交融更进一步,因为叙述者意图论证明显出自他想象性的假设。从这些例子可以回溯到韩少功在《文学的"根"》中的观念:他以地域文化和《楚辞》(特别在词条"醒"中)为主题,去复活中国传统中的语言相对性以及道德与价值观念等因子。

小说形式

关于形式,韩少功认为,只有小说能够处理含混性、歧义性问题。在他看来,学术性散文或一部词典局限于阐释说明,而小说可以探索超乎解释层面的东西,比如人物形象的含混多义性。小说可以做到这点,正是因为它以主观叙事为基调。❶ 在《马桥词典》中,韩少功有意将主观性的叙述者放在突出的位置:这不仅表现为作为人物的叙述者,是马桥文化与语言的外来者,而且作为书写者,在更诗化与散文性的沉思中,叙述者也显示了与主题涉及的语词、人物、情境一样的含混多义性。在开始与结尾的词条中,韩少功都特别强调了这些。

第一个词条通过讲述一个短小的故事涵盖了双重的主题:因马桥方言在"江"字发音上的问题,刚到马桥的叙述者陷入迷误之中。❷ 通过将这一特别的词条置放于首页,作者为小说在主题上打开了一个豁口。另外,词条也微妙地指涉《庄子》。这里谈到的语言上的困惑涉及一个事实:马桥人在使用词语"江"的时候不区分水流大小。叙述者将其与北方人的"海"比较。在北方人那里,"海"可以指"湖泊池塘",也指"大海"。《马桥词典》起首几行使人想起《庄子》的开头部分,那里提到"北冥"

---

❶ 与韩少功的个人访谈(海口,1998年6月)。
❷ 韩少功:《马桥词典》,北京:作家出版社,1996年版,第1页。

的大鱼"鲲"。鉴于"鲲"也有"鱼子"的意思，最大的鱼同时也是最小的。❶ 因此，《庄子》在起始部分就已经包含了它典型的矛盾性与相对主义，当然在韩少功的《马桥词典》中也是如此。

这在《马桥词典》最后一个词条中得到进一步强调。此处又有一形式上的处理，最后的这个词条实际上描述了叙述者第一次到马桥的情形，这似乎暗示了一种轮回的时间观。叙述者与公社会计走在邻近马桥的"官路"（《马桥词典》中词条名）上时，当被告知村寨就在前方时，叙述者看到一树灿烂的桃花。书的最后几行是如下对话，叙述者问：

"那就是马桥？"

"那就是马桥。"

"为什么叫这个名字？"

"不知道。"

我心里一沉，一步步走进陌生。❷

通过显示轮回时间观和非常偶然地间接提及《桃花源记》，作者好像暗示了局外人视角的恒久性以及随之而来的含混性。这被"江"与"路"（两者都有旅行、过程的含义）的符号意义所强化。❸ 倒数第二个词条，好像也在强调轮回性，韩少功讨论了马桥方言中的"元"字和"完"字的同音现象，这使得"归元"的表述（通常指的就是"归于初始"）充满含混性。❹ 同时，这有助于小说在空间内形成一个连贯的整体。韩少功有关小说探讨道德观念之工具的观点与昆德拉的相吻合。昆德拉补充道，为了那

---

❶ 《庄子》，伯顿·华兹生译，沃伦顿：哥伦比亚大学出版社，1964年版，第29页。

❷ 韩少功：《马桥词典》，北京：作家出版社，1996年版，第396-397页。

❸ 在《马桥词典》最初的杂志版本中，这一对话的第三和第四行是这样的："我们以后就在这里落户？""就在这里。"（第152页）随后出版的单行本对此进行了修改，更有力和诗化地强调"陌生"的主题。在书的开篇部分谈到马桥名称的非确定性，汉字"马"曾一度被写成"妈"。在同一词条中，通过考察不同历史时期（从清代一直到当代）马桥名称的变迁，该名称的相对性被进一步强化。此外，韩少功对现在的名称"马桥弓"也有疑惑。"弓"指村寨，一弓意味着村寨大小有一矢之地。但韩少功怀疑有人能弯弓射出这么大的一段距离。（韩少功：《马桥词典》，北京：作家出版社，1996年版，第9页）所有这些观察增添了马桥的神秘性。

❹ 参见词条"归元（归完）"，《马桥词典》，北京：作家出版社，1996年版，第389-390页。

个目的，所有的道德判断应该被悬置于小说空间内。❶ 这意味着，小说的世界应理想地具有充分的连贯整一性并具有令人信服的自足性。这种连贯性可借由多种方式来达成。正如我们看到的，《马桥词典》不仅通过将词条组织成故事，而且通过有趣味的参考文献的连接来达成这种整一性。另外，马桥语言相对性的主题以故事的形式被第一人称叙述者所体验，他同时意识到自身语言的相对性：形式与内容事实上已经合一。❷

《马桥词典》与前身

《马桥词典》的不同层面让我们想起韩少功之前的一些作品。首先是作品《归去来》，含混的局外人视角实际上表征了作品的主题。对村庄大量地方习俗的描绘（偶尔涉及方言词）似乎都是为小说主题服务的：第一人称叙述营造了一个妄想狂式的梦的世界，这当中，所有的主题不只是为了产生异域风情式的效果，更为了强化陌生与熟悉间的含混性。另外，正如《马桥词典》一样，有关《楚辞》和陶潜的内容，在这里得到了有意义且令人信服的体现。事实上，《归去来》中的第一人称叙述者与《马桥词典》中的有着类似的功能——试图去探索陌生环境。《归去来》中的叙述者的困惑不限于奇异的风俗，还涉及一些奇特的方言词汇。有些词汇在《马桥词典》中再次出现。这并不是一种巧合。❸

《爸爸爸》在描述一个村庄的地方风俗、信仰和传说等方面，与《马桥词典》有许多近似之处。《爸爸爸》主要讲述了山寨的衰落，韩少功对这部小说如是评说，"理性和非理性都成了荒诞，新党和旧党都无力救世"。❹ 然而，正如本书第二章所述，因为叙述者的视角依旧是外在的，地域文化主题以片面的而非相对的方式来呈现，实际上是对隐含的当代理性

---

❶ 米兰·昆德拉：《被背叛的遗嘱》，巴黎：加利马尔出版社，1993年版，第29页。
❷ Vivian Lee 认为，《马桥词典》结尾部分轮回性的层面是一个隐喻，它意指作者理解现实的非确定性。这不仅体现在《马桥词典》中，也体现在作者的其他作品中。[Vivian Lee：《文化词典学：韩少功的马桥词典》，《现代中国文学和文化》2002年（春季）第14卷第1期]。
❸ 比如，用"视"字代替"看"字。这也出现在《爸爸爸》中。
❹ 韩少功：《答〈美洲华侨日报〉记者问（代创作谈）》，《钟山》1987年第5期。

价值的讽刺性陌生化。《马桥词典》中叙事声音的嬉戏色彩和主观性排除了道德判断（按昆德拉的理解），这也体现在《爸爸爸》当中。它们也减轻了中国现代文学的"道德负担"，削弱了夏志清所谓的"感时忧国的精神"❶；正如我们所见，《马桥词典》确实呈现了一种相对性，它来自现代科学与本土传统或东方与西方的典型对立冲突。尽管如此，据此认为1985年（《归去来》与《爸爸爸》均发表于这一年）后的韩少功已经从一个批判性作家演化为形式实验者是不公正的。毕竟，韩少功还在继续写作讽刺性的篇章，以及有关不同主题的散文随笔，这当中不少文章都带有很明确的社会介入性。

除了一些基本的不同面，《爸爸爸》与《马桥词典》在主题上的相似性是显著的。不少主要人物显示了值得注意的相似性，而且，因《马桥词典》明显具有强烈的自传色彩，这样一种猜测就会增强，即《爸爸爸》中一些人物是以后来《马桥词典》中出现的现实人物为基础的。❷ 更为重要的是，这一主题，即语言的主题以及某些风俗和信仰，都不足为奇地从不同角度在《马桥词典》中重新出现。例如，语言和权力的主题在《爸爸爸》中有简要的涉及。如本书第二章所述，作者介绍了一个本地概念"有话份"，它意味着诸如此类的含义——"可做出最后决定"或"某人的语言有分量"。其中一个年轻主人公仁宝，痴迷于现代和进步，试图说服村寨里年长且有智慧的人采用他从外面村庄得来的新观念。为了削弱他们的话份，作为年青一代的他使用从外面学来的新词和逻辑。韩少功采用夸张的形式，让仁宝的慷慨陈词显得乖谬荒唐。不过借助炫耀"既然""因为""所以"等新派连词，仁宝依旧说服了寨子里的长者。结果显然是反讽性的，这切合了小说中有关"传统"与"现代"的主题。在《马桥词典》中，有一个词条是"话份"。在这个词条中，韩少功以书中典型的相对论精神，把散文和小说结合起来，对这个词进行了一些细微的考察。事实上，有关语言和权力的社会语言学主题在好几个词条中都有重现，它们涉

---

❶ 夏志清：《现代中国文学感时忧国的精神》，《中国现代小说史》，纽黑文：耶鲁大学出版社，1971年版，第533－544页。

❷ 比如，《马桥词典》中的人物万玉与《爸爸爸》中的德龙就有这种相似性。

及性别和意识形态等主题。❶

其他短篇小说与《马桥词典》也有类似之处。比如，在本书第三章我们提到，在不同文本中出现的诅咒与预言主题，在《马桥词典》中也有重现。有一些词条从语言学的角度来处理这一问题，映射出作为语言本身的诅咒和预言的本质对现实有实际的影响，同时也和语言和权力的主题相关。一方面，这再次表明韩少功作品中相关主题的连续性，并建构起整体性，而另一方面，它表明韩少功继续从新的角度深化这些主题。如前文所述，1985年左右，韩少功开始以不同的方式使用旧的主题，在《马桥词典》中，他再一次以新的方式处理之前用过的素材。这在韩少功怎样继续用一个民间习俗的例子上体现出来：这是一种中国南方粗野的婚礼仪式，宴会上所有的男客人可以相当粗暴地将新娘推来搡去。他的早期小说《风吹唢呐声》（1981），将其描述为社会陋习的一种形式，并对其进行控诉。在《史遗三录》中，正如我们在本书第三章中谈到的，已经与《马桥词典》在民间故事形态及所涉地域上相类似，其中，韩少功粗略地以调侃的人类学方式提到类似的婚礼仪式。讽刺的是，它只是作为对一系列奇异、虚构的民间趣闻的一个反讽性的引言，并形成戏仿。

最终，在《马桥词典》中，此类仪式在词条"放锅"中得到复现，它是一系列反映使用于这些可比较的习俗的当地术语的语言分流中的词条之一。❷ "放锅"是结婚的同义词：新娘家的一方必须把一口新锅放在夫家的灶上，表示她已经是夫家的人了。在一则逸事中，韩少功讲述了他见证的一场婚礼仪式。客人们因为没吃好，出于对新郎家小里小气的不满，拒绝对新娘推来搡去，新娘身上也没有留下任何伤痕。这让新娘十分不快，这意味着她不被新郎这边的人接受。她娘家的人决定拿回才放在灶台上的锅。新娘见灶台上的锅没了，无须解释，就知道只能回娘家了。韩少功呈现了语言是如何影响人生的，一些特定的词语甚至比现实更强大有力。这与小说中的相对主义精神相吻合。由此可见，同一主题在三个意义阶段的

---

❶ 比如词条"格"，有格的人就是有身份的人，也就更有话份。又如词条"小哥"表现了这样的意涵，马桥的妇女从来不被称作妹妹或姑姑，大多只是在男性称谓的前面冠以一个"小"字。

❷ 韩少功：《马桥词典》，北京：作家出版社，1996年版，第28—29页。

三次重现,再次表明韩少功对民俗的兴趣不单是人类学式的,而是将其放置在一个更宽泛的框架中——虽然维持着对相对性的强调,但并不是一成不变的。在本书第三章中,我们已经看到韩少功有关社会介入和身份的主题是怎样从现实与想象层面发展到元小说形态的。在这个意义上,《马桥词典》表征了更进一步的发展,显示了一种更高层面的写作元意识:词与物之间的相对主义关系。

实验与传统

就形式而言,《马桥词典》颇具争议。它在批评家中间引发了讨论,一些批评家认为《马桥词典》的形式实验无论在韩少功的创作历史中还是在中国当代文学史上,都具有空前意义;有些则质疑其原创性。批评家南帆是捍卫韩少功文体实验创新价值的最早也最有雄辩力的批评家之一。而北京大学张颐武副教授则质疑其创新性,认为其完全模仿自《哈扎尔词典》。米洛拉德·帕维奇的词典小说出版于1984年,1994年在中国翻译出版。❶ 张颐武的论断并没有具体的证据作支撑,但它很快引发了文学圈有关抄袭、剽窃(在张颐武的原文中没有这样的词汇)的火热争论。韩少功认为,张颐武无理据的论断是不公正的批评与不负责任的攻击。他将张颐武告上法庭并最终胜诉。这成为自1993年贾平凹《废都》事件之后20世纪90年代最大的文学事件之一。❷

然而,比实验独特性、创新性更重要的是它的实际效用。事实证明,词典形式非常适用于探究语言的相对性问题。这一问题在他讨论文学的根

---

❶ 米洛拉德·帕维奇:《哈扎尔词典》,《花城》1997年第2期。
❷ "马桥事件"也被称作"马桥风波"。可参见南帆的《〈马桥词典〉:敞开和囚禁》(《当代作家评论》1996年第5期)、张颐武的《精神的匮乏》(《为您服务报》1996年12月5日)与《我为什么批评〈马桥词典〉》(《羊城晚报》1997年1月13日)、韩少功的《答记者问〈马桥词典〉争议双方正面交锋》(《羊城晚报》1997年1月13日)、田原的《〈马桥词典〉纷争要览》(《天涯》1997年第3期)、陈晴的《〈马桥词典〉事件真相》[杨志今、刘新风编《新时期文坛风云录(1978—1998)》(下),长春:吉林人民出版社,1999年版]等文章。

这一时期就已经让他着迷了,但那时他没有将其表现在文学作品中。❶ 同时,词典形式也适合韩少功的写作风格。作为小说家的韩少功与作为思想性散文家的韩少功结合在一起,使得他能打通散文与小说的边界,做到"从鸟瞰到近观"(用他自己的话说)。"为获得这一自由",他就必须"坚持词典体的形式"。❷ 对韩少功自身而言,词典与小说的结合也差不多就是散文与小说的结合。如前文所述,他认为散文更具解释性,是用来解释事物的,而小说则超越解释本身。韩少功认为:

"一个小说作者可以用所有他想用或必须用的思想理论,但最终他将到达一个状态,到那时他会说:现在我再也不能解释它了,比如涉及人物本性或性格的时候。以《马桥词典》中的人物马鸣为例:你如何界定他的性格呢?我恰恰对不确定的、不可命名的东西感兴趣。这是词典和小说很自然地吻合的地方。或许那是我这本小说的灵魂。"❸

当问及他为何继续小说、散文两类文体的写作时,他回答道:

"在散文中,我谈论我已经想清楚的事情,在小说中主要涉及我尚未想清楚的事情。而这两者间有一种对抗、争论以及不信任的关系。我用散文挑战小说,反之亦然。"❹

韩少功补充说,有关散文与小说这种关系的一个例子是现代性问题。在散文当中,他常常力倡:中国应实现现代化,应向贫困、愚昧与不公正宣战。但在他的小说中,他常写到传统乡民对现代化的否定性态度。他说,在散文中,他做出选择。而在小说中,他能够从不同的角度看问题,比如通过一个中国农民的眼睛,就可以对进步的价值观提出质疑。他说,他常因反现代化被人批评,其实,这些批评者并没有看到他散文与小说间

---

❶ 一个批评家认为,《马桥词典》标志着韩少功从文化层面的"寻根"转向语言层面。参见萌萌:《语言的寻根》,《当代作家评论》1996 年第 5 期。
❷ 与韩少功的个人访谈(海口,1998 年 6 月)。
❸ 同上。
❹ 同上。

的张力关系。

正是在这样的背景下，我们才能够理解本书第三章提及的韩少功的相关表述。也就是说，就他创作的发展状况而言，他倾向用"写作"来代替"小说"，并提及古代的概念"文"，它包括文史哲，就好比《庄子》中的情形。❶ 对韩少功而言，他试图摆脱20世纪小说的某些束缚，比如支配性情节、散文与小说的区分等。在《马桥词典》的词条"枫鬼"中，他表达了自己对主线情节的拒斥，他更乐意去写马桥的每一件东西。随后，他用一整个词条去叙写两棵枫树。韩少功甚至更愿意把《马桥词典》称作是"长篇写作"而非"长篇小说"（与西方概念有关的一个现代词汇），后者从未真正成为中国散文传统的一部分。可以肯定的是，韩少功对20世纪小说的批判主要针对主流的现实主义小说，正如现代主义小说（如果考察一下它20世纪初在西方的起源的话）一样，它也挑战现实主义叙事，特别是其传统的开头与结尾以及事件的时序性，并对散文小说的区分深为不满。之后，由此产生的文学文本中人物的碎片化通常被看作是现代主义"在可能描绘世界完整性上面缺乏信心"的产物。❷ 尽管有着鲜明的现代主义特质，《马桥词典》在许多方面依旧可以被看作传统的中国小说。与传统的这种相似性，是不应被忽略的。

韩少功所追求的主干线性情节空缺，是中国传统小说典型的特征。事实上，就此而言，汉学家毕晓普认为，在西方现代的读者大众眼中，这是"中国小说的局限"。❸ 他认为中国传统长篇小说是一种"黏附式说"，它们不过是"短篇的连缀"（不管是否划分为"回"），并强调"情节的异质性与插话式特性"。❹ 浦安迪有类似的界定，他认为，与西方相比，中国传

---

❶ 与韩少功的个人访谈（海口，1998年6月）。

❷ 佛克马、蚁布思：《现代主义臆想：1910—1940》，伦敦：赫斯特出版公司，1987年版，第38-40页。

❸ 毕晓普：《中国小说的一些局限》，参见毕晓普编：《中国文学研究》，剑桥、伦敦：哈佛大学出版社，1965年版，第239页。可以肯定地说，小说情节松散并不是中国独有的现象，它也体现在西方小说中（从《堂吉诃德》到现代、后现代小说）。然而，直到20世纪，它在中国传统中更为普遍。中西文学特征之比较并非一种严格的对立，而是各有侧重点。

❹ 毕晓普：《中国小说的一些局限》，参见毕晓普编：《中国文学研究》，剑桥、伦敦：哈佛大学出版社，1965年版，第242页。

统小说有鲜明的"百科全书倾向"。❶ 韩少功"百科全书式的"词典形式因此可以被看作长篇与短篇叙事的一个折中。有趣的是，作家李锐将《马桥词典》看作传统笔记风格的一种复兴，其中"随笔"不仅也将短篇散文写成了连续的叙述，而且它的随意性与随笔属性确实适合韩少功的小说。❷在其他当代小说那里，也可以看到笔记形式的复现，比如贾平凹的《商州说不尽的故事》(1995)和史铁生的《务虚笔记》(1996)。而据安妮·居里安的评论，韩少功对词典词条的具体应用，是对中国重要的百科全书传统的继承。❸

　　《马桥词典》也包含中国传统小说的其他因素，毕晓普认为这阻碍了现代西方读者对中国小说的欣赏，比如阵容庞大的主要人物群，对表层现实和对话的强调，随之而来的问题就是——中国小说家很少进入人物的精神领域，他们努力复现宏观的社会而甚少关注微观的人。这或多或少体现在韩少功的小说中，但主要不同在于叙述者的角色。基本上，韩少功笔下的非全知叙述者，"怀疑自身，对他的观点和陈述的暂时性、假定性本质有清醒认知"，并"经常诉诸讽刺"，因此是典型的现代主义者。❹ 尽管在传统的小说中，叙述者可以自由闯入，并乐于宣传教化，但这不是像韩少功第一人称叙述者那样的真正的主观性的声音。韩少功的作品可以与传统文人收集的民间趣闻逸事进行比较，而且韩少功也有点道德主义的倾向，但他与人物中的乡民们有互动，而不是将自己放置在更高的位置，这给予他作品鲜明的现代主义特质。另外，韩少功清醒地意识到他是传统的一部

---

　　❶ 浦安迪：《中西长篇小说类型再考》，参见郑树森编：《中国和西方：比较文学研究》，香港：中文大学出版社，1980年版，第174页。
　　❷ 李锐：《网络时代的方言》，安妮·居里安、金丝燕主编：《中国文学：当代写作与过去》，巴黎：人文科学之家出版社，2001年版。
　　❸ 安妮·居里安：《〈马桥词典〉或语言体裁小说》，《语词的形式下：另一种中国——九十年代的诗人和作家》1999年第1期，第326页。这一论点没有具体的文本依据。然而在《马桥词典·后记》当中，韩少功确实提及，即便是收有最多词条的《康熙字典》有时也不能有助于不同地域人们的交流，连普通话也是如此。这正是韩少功写作个人的马桥词典的动机之一。参见韩少功：《马桥词典》，北京：作家出版社，1996年版，第398-399页。
　　❹ 佛克马、蚁布思：《现代主义臆想：1910—1940》，伦敦：赫斯特出版公司，1987年版，第34-35页。

分。他通常的嬉戏性的反讽有时导致对历史学界或人类学家的一种戏仿。值得注意的是,在倒数第二个词条"白话"中,韩少功明确地提及他受惠于文学传统。他说,在马桥,"白话"意指传统的村民间讲故事,通常是一些闲散娱乐的道听途说,因此也可以把它译成"空谈"("白"即是"无意义、无实效")。随后,韩少功论述道,《搜神记》《聊斋志异》等神魔、奇幻的传统文学是中国现代白话小说的源脉,它们是为娱乐而非教化的,正如小说最初被看作"街谈巷议道听途说"。韩少功自己最初尝试小说创作,也是在马桥村民夜晚的闲谈("白话")的启发下开始的。因此,他谦逊地总结道,他的作品正可被叫作"小说",即传统意义上的街谈巷议。❶ 顺便说一句,韩少功的自我陈述正与我们的发现相吻合,在本书第一、三章中,我们已对寻根文学与中国传统志怪小说的关系做过论述。

寻　根

虽然《马桥词典》中存在许多传统元素,但其依旧被作者和中国读者看作一部反传统的实验之作。这揭示,自 19 世纪末叶以来西方文学对中国(文学)影响甚深。这使得现代中国读者将西方文学当成了文学判断标准,尽管西方文学在中国的传统如此短暂。在这个意义上,《马桥词典》回归传统小说形式,确实应该被视作文学寻根的产物。这就是说,韩少功最初所表述的寻根意识是:它要冲破政治化和西方化的现代中国小说的浅薄外壳,去寻找被压抑已久的那些丰富的非传统的中国本土资源。对中国传统的极为热情的强调,可以理解为对 20 世纪西方文学观念在中国广为流布的一个反击。

在其 1985 年发表的开创性文章《文学的"根"》一文中,韩少功也谈及更宽泛的文化观念,表露出对中国传统的稍稍迷恋,而这是在他大多数作品中察觉不到的。正如我们在本章中所看到的,韩少功自己指明了他散文与小说间普遍存在的紧张状态,即一种相互争论和对立的关系。而在

---

❶ 韩少功:《马桥词典》,北京:作家出版社,1996 年版,第 391－393 页。

《马桥词典》的正文和"后记"中也依稀可以觉察出散文和小说之间也有类似的矛盾。在《文学的"根"》中，韩少功关注中国地域文化的价值，以此来抵拒正统的、政治的以及西化文化的统治性力量。类似地，在《马桥词典》"后记"（1995年12月）中，韩少功表示，他出版个人词典的原因之一是基于这样的认识：在普通话的滤洗之下，故土的方言将逐渐枯萎。他有关故土或语言的写作，虽然背后隐含的这种有偏向的文化与政治动机，但并没有体现在词典自身中，相对性精神统辖了这样一些观念。

我们对《马桥词典》的探讨愈来愈清晰，即韩少功不是回归中国传统，抑或是抵制西方现代性，而是对中西特色进行富有创造性的融合。正如韩少功一贯反对对西方现代文学进行肤浅模仿一样，他也不赞同对中国传统小说进行简单照搬。相反，他总在寻求自己的写作风格。他在1985—1995年期间所作的短篇小说的主题不仅在《马桥词典》中得以演变和汇集，而且他对短篇小说和沉思与叙事性散文相结合的偏好也在《马桥词典》中得以具体化，形成了短篇小说与长篇小说相结合的词典形式。同时，韩少功自身的当代风格类同于甚至植根于本土的"文"的概念，它比西方"文学"的概念出现在中国早得多。因此，韩少功的"长篇写作"并非对西方现代长篇小说的挪用，而是中国传统"文"的现代形式。它所具有的明显的现代主义特征，有着20世纪上半叶以来中西相互影响的痕迹，正是在这个节点上，韩少功脱离出来再去重新追溯传统。这使得韩少功与当代其他寻根文学作家区分开来，在其他作家那里，与传统的关联常常是模仿性多于创造性，或者更多地停留于主题层面而忽略了形式因素。这些我们将在下一章谈到。

第五章　寻根：内容和形式

在第一章我们就讨论过相关寻根文学作家的理论观点。在这一章，我们将会聚焦于他们的文学作品，首先是展示"诗学"与现实作品之间的一些显著的对应和差异，其次与韩少功的作品进行比较。本章不像关于韩少功的章节那样细读，讨论也不可避免地更加粗略。笔者认为寻根文学的主要特点是："根"的概念意味着与传统的关系，既在内容上，如"身份"或"传统与现代"等主题；也在形式上，即传统文学形式的复兴。

内容：身份，传统与现代性的博弈或是其他？

作品被贴上寻根文学的标签，因为它们涉及典型的中国事物，突出中国文化的某些方面，或者是关于家乡的概念。然而，在大多数情况下，中国文化本身并不构成文本的主题。而最重要的主题是对身份、民族或个人的追求，以及传统和现代之间的冲突。而且，作者的具体解释也是不同的。

阿 城

被誉为最早的寻根文学代表作品之一的就是阿城1984年出版的《棋王》，当时还没有关于这种新文学潮流的讨论。有关作品的最初赞扬清楚地反映了这类小说的基础要素：传统和现代性的混合。它被一些人称赞，因为它的语言运用让人想起了中国的前现代小说[1]，而对其他人来说，它的优点是引入了一个静态的、被动的、沉思的主角，这被视为一种创新，

---

[1] 阿城：《三王》，杜博妮译，伦敦：柯林斯·哈维尔出版社，1990年版，第15页。

因为中国文学一直强调情节中的行动。❶ 尽管《棋王》以其形式特点而闻名，但评论界对它的关注集中在主题上，并试图将中国传统道教精神与现代日常生活联系起来。用一些中国批评家的话来说，这是对中国民族精神的唤醒，或是对"文革"后民族自我意识的重建，同时也揭示了阿城和许多寻根作家在他们的作品中对文学政治功能的摒弃。❷ 然而，阿城旨在表明道教传统依旧活跃于中国民众之间，而非通过作品来复兴中国道教传统。这让人想起了韩少功的主张，寻根文学并不是要回到过去，而是在传统乡村和少数民族这些传统文化存在的地方，重新激发人们对传统习俗的兴趣。可以肯定的是，阿城并不聚焦于特定地域。然而，这种对他的故事的解读与阿城自己的寻根观点是一致的，阿城认为寻根最重要的因素是"它打开了中国现代文学日常生活与世俗的大门"。❸

问题的关键是阿城能否成功说服《棋王》的读者。正如胡志德（Huters）和乐钢（Gang Yue）提到的，小说的一个关键因素就是叙事视角。❹ 第一人称叙述者是在一个城里的高中学生，他在"文化大革命"期间被下放到农村的时候遇见了棋王。从他们的交谈中，我们发现两人的阶层差异变得愈加明显：叙述者是知识分子，谈论西方文学，深知他们下乡使命的政治意义；而王一生是俗人，谈论吃喝，同意去执行使命仅是因为那里能提供食物。他们一个重在精神需求，而另一个强调身体需求。这场可预见的两者之间的对峙被这样一个事实所扰乱：王一生似乎对食物和象棋一样着迷。他是一个"棋呆子"，一位沉浸在道家精神中的象棋大师。从道家的角度来看，这并不稀奇，因为《庄子》中的"道"象征着有特殊技能的常人，比如一个经验丰富的屠夫（据说庄子自己就是一个谦逊的漆匠），

---

❶ 林恪：《作家心满意足的微笑：采访苏童》，《中国信息》第十四卷（1997年春季），第77页。

❷ 胡志德（Huters）：《论及许多事物：食物、国王和阿城的〈棋王〉中的民族传统》，《现代中国》第14卷第4期（1988年10月）。

❸ 阿城：《闲话闲说——中国世俗与中国小说》，北京：作家出版社，1998年版，第169页。

❹ 参见胡志德（Huters）：《论及许多事物：食物、国王和阿城的〈棋王〉中的民族传统》，《现代中国》第14卷第4期（1988年10月）；乐钢（Gang Yue）：《乞讨的嘴：饥饿、同类相食以及现代中国的饮食政治》，杜伦：杜克大学出版社，1999年版，第212页。

且痴人在《庄子》中经常被视为是真理的传播者。但是，阿城小说的读者感到惊讶并试图理解王一生的悖论，是因为小说是从第一人称的视角来窥见"棋王"。因此，小说的主题实际上是现代知识分子对古老本土传统的疏离。

正如胡志德（Huters）所言，小说的结局似乎背离了阿城的意图。叙述者和棋王之间的个人对峙最终变成了一个绝妙的故事。在这个故事中，叙述者不再试图去理解棋王的思想，而是远远观望，将之视为一个超级英雄。王一生挑战了象棋锦标赛的获胜者（并非为输赢而竞争而是对棋局本身入迷），奇迹般地在多人同时对弈的棋局中打败了所有人，包括当地的象棋冠军（他以道家圣人的谦虚接受了王一生的优势）。文章对王一生下棋的描写是具有象征意义的：他处在一种恍惚的状态，似乎是一个与肉体分离的孤独灵魂，而不是一具被生活欺压的瘦得皮包骨的身躯。此外，在故事的最后一部分，象棋比赛以经典的悬疑情节呈现，直接导致结局（王一生的胜利），也更多地集中在外部行动上，而第一部分的静思则标志着故事的独创性。据说，故事本来有一个开放性的结局，由于一些人的建议，作者出于对审查的考量重写了。阿城从未承认或否认这件事。❶ 无论如何，最后的结果就是，这个故事似乎是在颂扬这位棋王，并通过他宣扬道教的精神价值观，而不是为中国百姓身上的古人生活智慧——朴素的隐忍作合理的论证。作者放弃了叙述者和主人公之间的互动，并没有表现出这些价值观是如何影响叙述者的思想的，也就无法说服以第一人称叙事聚焦于王一生的读者，这些价值观与当代现实似乎没有任何关联。相反，阿城助长了寻根文学是颂扬民族传统的普遍假设。❷

阿城其他的作品反映出一个相似的基本思想。《树王》也试图将传统

---

❶ 乐钢（Gang Yue）认为，王蒙赞扬了这个故事的语言运用，但也揭示了他作为一个文化官僚的另一个身份，他批评这个主题是"逃避现实"，因此不利于"时代精神"。参见乐钢（Gang Yue）：《乞讨的嘴：饥饿、同类相食以及现代中国的饮食政治》，杜伦：杜克大学出版社，1999年版，第204页。

❷ 笔者显然同意胡志德（Huters）的观点，即结尾的文化决定论与故事对解读的普遍开放形成了鲜明对比。参见胡志德（Huters）：《论及许多事物：食物、国王和阿城的〈棋王〉中的民族传统》，《现代中国》第14卷第4期（1988年10月）。

和现代结合在一起,一位老年民歌歌手被邀请参加一个现代歌唱比赛。然而,在这位老人向年轻的观众们讲述过去歌手们令人难以置信的演唱技巧后,当他终于成功地完成了一场演出时,他在舞台上去世了。这个故事的象征意义,更确切地说是寓言意义,类似于《棋王》。复兴传统的意图虽然受人们尊敬,但却不是现代生活中传统的真正延续:歌手逝去,棋王遥不可及。这两个故事展现了传统文化和现代(政治)现实的并置。在《孩子王》中,贫穷的农村地区,一位年轻的老师喜欢用道家的方式教学,不使用教科书,鼓励个人写作,他最好的学生则尊崇唯一的字典(作为传统遗产的象征)。第一人称叙述者——这个老师最终被学校的领导解除了职务。在《树王》中,批评家们持有一种相当公开的环保主义立场,在人与自然的关系中用道家的概念来反对"文革"言论。尽管这些故事的主题相似,但它们并不像《棋王》第一部分那样包含着矛盾的价值观,阿城似乎更直接地倡导了中国传统。

阿城的其他作品大多可以更恰当地归类为"知青文学",它们是作者对那个时期的生活的更直白的回忆。自20世纪80年代末以来,移居美国的阿城主要为中国内地和香港的期刊撰写专栏和随笔。虽然如第一章所述,他继续就中国文学的问题发表意见,但并没有发表任何新的可与之前相比拟的文学作品。

莫 言

尽管莫言很少参与寻根文学的论战,但他被公认为重要的代表人物之一。其中有几次,莫言的确为寻根文学发声,1986年,莫言有一次直言不讳地说起"文学的根",他谈到他个人的根,故乡都是他作品的灵感源泉。❶ 相较于韩少功与阿城,这是对"根"的另一种解读,但也是被许多寻根作者认同的一种(见第一章)。

---

❶ 莫言:《"旧创作谈"批判与新"创作谈"》,《怀抱鲜花的女人:莫言小说近作集》,北京:中国社会科学出版社,1993年版,第343页。

的确，莫言最著名的小说《红高粱》的主要背景是他（小说化）的山东农村家乡。另一个广存于文学、社会与政治中，与主流观点相反的元素就是，莫言尝试建构一种地方家族史，这可以被看作是"人民"的另一种版本，在某种程度上挑战着已建立的官方历史。在某种层面上，莫言的小说表明普通农民并不是出于爱国主义而战，而仅仅是应激于对他们基本生活构成的威胁。在更广泛的层面上，他美化了人物的性格和他的家乡。这部小说的主要内容是第一人称叙述者带着敬意回顾他的祖先，并对当今家族的衰落感到惋惜（在序言中，他称自己为"不孝子"）。尽管小说的前面部分基调是消极的（现在是不好的），但是几乎整部小说都致力于塑造叙述者祖先的正面形象（过去是好的）。叙述者用悖论形式来描述他自己的家乡，如"最美丽最丑陋""最英雄好汉最王八蛋"等。❶ 但是，简而言之，过去的一代共有的特征就是，比现在的一代更有活力。这种活力显然被认为是乡村土壤的产物，正如孔海丽说的，现代城市叙述者无疑体验到了一种深深的乡愁。❷

因此，《红高粱》几乎具备了西方文学中"地域小说"的所有特征，而具有重要意义的是，莫言在写作方面的最大影响者（正如他自己一再宣称的那样❸）威廉·福克纳就是其中的一个重要倡导者。从 19 世纪开始，地域小说一直强调人们是如何被他所居住的地域所制约的；对当地肤色和方言的描述突出了某一民族的本性。20 世纪 20 年代，带有强烈活力的地域小说掀起了第二波浪潮，目的是反抗工业革命。活力论（Vitalism）（南北战争时期的一种哲学思潮）赞美生命的生命力和直觉力，反对现代时代的知性主义、技术、进步和功利主义。❹ 因此，地域小说比起寻根文学与中国乡土文学有着更多的共同点。在第一章中，我们看到，这两种类型的

---

❶ 莫言：《红高粱》（《莫言文集》，卷一），北京：作家出版社，1995 年版，第 2 页。

❷ 孔海立、范晓郁：《端木蕻良和莫言小说中的"乡土"精神》，《当代作家评论》2013 年第 6 期，第 155 – 161 页。

❸ 参见迈克尔·S. 杜克：《重塑中国：当代中国小说中的文化探索》，《问题和研究》1989 年第 8 期（第 25 号），以及林恪与莫言的个人访谈（北京，1998 年 6 月）。

❹ H. 凡霍尔普编：《文学术语词典》，格罗宁根：Nijhoff 出版社，1998 年版，第 416 – 417 页。

文学经常被混淆或者归为一类。其实，寻根文学更关注文学形式的因素，而不像乡土文学那样更倾向于关注内容问题。尽管一些学者发现了中国传统小说的影响（见下文），但笔者认为，根据小说的主题，最好将其归类为地域小说。

正如王德威和杜克争论过的，莫言的长篇小说和短篇小说存在很大差别。相较于《红高粱》，莫言的短篇小说描绘的家乡是一幅荒凉的景象。杜克甚至把他的短篇小说归为反乡土文学作品。❶ 他们都以《白狗秋千架》为例。莫言的第一人称叙述者，和鲁迅在《故乡》或《祝福》中的主人公一样，从城市回到家乡，面对着他曾经的同胞们绝望、贫穷的生活，他感到震惊，觉得没有任何希望；王德威甚至认为这是对鲁迅和沈从文"归乡情结的嘲讽"。这当然和《红高粱》不一样，但这是现在的农村，而不是过去的农村。乡愁基本和《红高粱》如出一辙，当下都被描述成幻灭的，但莫言的短篇小说表现出了更复杂的乡愁。它不关注对过去的逃避，而是聚焦于感觉起源的当下。

王德威、杜克和费维恺（Feuerwerker）都认为《白狗秋千架》开放的、不确定的结局与五四运动以来的"感时忧国"类型的中国文学有很大不同，但是他们未提及韩少功《归去来》令人不安的结局，这个故事更加深入地探讨了在特定地域中身份认同的模糊本质，"归乡情结"甚至是个体自我身份的概念。与韩少功的更富有哲学意味的故事相比，莫言的作品仍表现出"感时忧国"特征，从某种程度上而言，知识分子与大众之间的对抗呈现出一种鲁迅式的社会关怀。诚然，莫言的故事结局更悲观，说教意味更少，但它也缺乏超越社会问题的个人困境，而我们可以在韩少功的文本中找到这种困境。事实上，莫言作品的整体特征就是这种介入性。他的第二部小说《天堂蒜薹之歌》就是一个直接的控诉。他说，他写这本书是出于对当代农民命运的同情与愤愤不平，然而他的另外一本小说《酒国》仅仅是出于讽刺、控告，比《天堂蒜薹之歌》更加幽默和富有艺

---

❶ 魏爱莲（Ellen Widmer）、王德威编：《从五四到六四》，剑桥、伦敦：哈佛大学出版社，1993年版，第49、127页。

性，但在最后的分析中，作品却也并不缺少社会介入性。我们将在下文中讲到莫言短篇和长篇小说之间的关系。

张承志

张承志从未直接谈论过"根"，也没有参与过这场争论，但基于其早于"寻根"之争的早期作品，他被视为寻根文学的先驱。和阿城与莫言一样，这不是因为他的作品回溯了中国传统文学，而是因为文化认同是他的主要主题之一。作为回族穆斯林的一员，张承志对宁夏、内蒙古和新疆的地域文化进行了广泛的描写，其中特别注重对自然和宗教的描写。

他经常被提及的两部中篇小说《黑骏马》和《北方的河》表明，张承志对与个人身份相联系的文化认同饶有兴致。这两本书都以一个年轻男主人公的成长经历为中心，均在努力成为一个身体和智力都强大、独立的男人。《黑骏马》讲述的是一个田园式爱情故事，其中一个年轻的蒙古族男人从城市学成回到他自己的家乡———一片芳草青青的草原，并感受到了不同层次间的疏离感，其存在于城市与乡村、中心汉文化与区域内蒙古文化、知识分子与农民、过去与现在、年轻人与成人之间。这与莫言和韩少功的"返乡经历"很相似，但相较而言，张承志的故事并没有一种不确定的内心纠结，而是以主人公充满希望和雄心勃勃的展望结尾。虽然主人公流露出对过去的怀念（被已逝青春爱情的钩心斗角激化了——对青春纯真的怀念），以及对离开故乡的悔恨（因外出谋生），但在最后，他必须克服这些感觉来实现他想要成为一个成熟的男人的目标，换而言之：去实现他自身的个人发展。

小说中经常提及男子气概：在十三岁的时候，蒙古族男性会有一个成人仪式，在那种场合中，主人公明确地表达过，他不想做个胆小鬼。这也是爱情迷局的一个方面：男孩和女孩一起长大，但当爱和性的意识出现时，男孩感到与女孩的矛盾性疏远，遗憾地发现他们不能像以前那样亲密。此外，男子气概还反复地以一个骑手独自驰骋在草原之上的形象来表现。毫不奇怪，黑骏马是故事的中心意象，也代表了成年：作为一个男孩,主人公想拥有一匹马,这被视为他成为一个男人的标志,也被视为他后来驯服野兽的能力。事实上,这匹马在男孩第一次经历暴风雪之前就出现了,这赋予了马神秘色彩。《黑骏马》实际上是一首民谣的名字,这首歌构成了这部中篇小说的框架。每一章的标题中就有几行这首歌的歌词,这些歌词的内容都是主人公亲身经历的。因此,读者会把这部中篇小说看作是一个关于成长的隐喻性故事,马更多地被用作表现一种形象,而不是一个现实的"角色"。

虽然对家乡和本土文化的关注并不能作为小说的主题,但它显然是文本的基础。故事一开始,主人公就宣称他注意到人们对蒙古草原的许多误解;他声称只有他一个人了解这个地区,因为他出生在那里。然而,在故事的发展过程中,他似乎反而与之疏远了。因此,他的主张显然是受到那些离开祖国、离开家乡的人的怀旧情绪的驱使;而城市知识分子对农村居民的贫穷和悲惨生活——这是中国现代文学中反复出现的主题——产生的内疚之情,加剧了这种感觉。

对男子气概的寻求在《北方的河》中也同样突出,其讲述了一个关于学地理的学生迷恋黄河及其支流的故事。这部中篇小说反复展现了学生在该地区调查研究时对地理和方言的思考。然而,这些思考仍然是不详细和肤浅的,而作者更多的是关注他对自己与风景关系的抒情思考。在第一章中,主人公在黄河边遇见了一位女摄影师,并对她讲述了他与这条河流的个人联系。女摄影师认为"他对黄河爱得深沉",他自己声称"黄河就是(我的)父亲",因为他真正的父亲在他少儿时期就抛弃了他。受她的鼓舞,他告诉她,他曾经是如何游过汹涌的河水到达对岸的,并且他决定再来一次。这种勇敢和男子气概让人想起了《黑骏马》。在描述他令人烦恼的横跨过程时,穿插着他对成年的思考,而且毫无疑问,他认为自己的壮举是人生的一个转折点。女性角色的出现强化了对男子气概的表现效果,这里她似乎变成了一个欣赏他的旁观者。女孩的摄影师职业也在这个方面有所呈现。他们之间关于"真男人"的对话也非常重要:她说,他们(真男人)不复存在;他不同意,并列举出了小说中一些著名的英雄人物,他在脑海中加上了自己的名字,却羞于说出口。

事实上，主人公的自我认知是整篇小说的主题：学生把整个孤独、奋斗的旅途看作是一道风景，他把河流的旅程和长途火车旅行比作人生的旅程。而且，在开篇章节之后，小说的主要情节是关于另一段险峻、曲折的旅程。故事的其余部分被学生能否成功通过考试成为一名博士生的问题所制造的悬念占据，他把这看作迈向职业生涯的重要一步，并把它视为自己的人生天职。这个故事的心理层面几乎完全在于描述这个男孩炽热的野心，包括他的不安全感和自负，他自己也意识到了这一点。小说以主人公设法参加考试结束。读者也无从得知，他是否真的能通过考试并开始他的职业生涯。

　　总之，《北方的河》的主题是站在个人层面而非民族层面。虽然主人公的研究对象具有民族主义色彩，其中涉及地理学和辩证法，但它仍然是模糊的；文本对它的处理很少，而是集中在悬疑情节上。而且，标题中的河流几乎不指向中国文化或者中国民族，而是以一种普遍的、传统的方式象征着主人公的个人生活的某些方面。停滞的水象征着他的弱点或生活中的挫折，比如他的事业，而奔流之水则象征着自由和力量。河流就像是他的一张自我画像。他实际上在这之中反思自己，与之对比来表现他自己的个性。他觉得河水很深，他也需要深度。河流经历很多变迁，但它依旧年轻，像未经世事一般。在文章的最后，主人公见证了黑龙江的解冻融化，他把这看作一种关于职业蓬勃发展和个人发展的希望的象征。这种充满希望的、积极的展望与《黑骏马》的结尾相似。

　　《北方的河》的简短序言也展现了同样的乐观——但不是针对主人公本人的乐观，而是针对整个年青一代的乐观，尽管他们过去比较"幼稚"，也犯过"错误"，但"前途最终是光明的"，因为"这个母体里会有一种血统，一种水土，一种创造的力量"。这些民族主义的言论在中篇小说中并没有再出现，而这篇文章的抒情性，也就是张承志最为人所知的抒情性，与主人公研究中的"民族主义"色彩有着同样的模糊和肤浅的特点。出现模糊和肤浅的部分原因在于叙述者和第三人称主人公之间没有距离。这个年轻的男生的天真和自恋也就在没有任何来自叙述者的批评言论或是讥讽中表现出来。它并没有与其他人物相矛盾，只是被女孩的消极角色所证实。这让读者别无他法，而只能直接认同主人公，或是只能远观文本，把这看作年青一代的浪漫主义的一部分。这也许是 20 世纪 80 年代张承志能够吸引大批中国年轻人的原因。

张承志其他短篇小说中也印证了他作品中潜在身份认知的主题。比如在《错开的花》（1990）中能找到强壮而独立的男性历经磨难的探寻动机，这篇小说讲述了两个朋友横穿新疆，将地理景观与诗性联系起来。在《九座宫殿》（1985）中，一个孤独寂寞的男人不顾当地居民的危险警示，徒步穿过沙漠。《晚潮》（1985）描述了一个强壮的工人每天要走几公里的路，穿过内蒙古的草原回到他母亲身边。张承志凭借着对草原的描写，被比作吉尔吉斯斯坦作家艾特马托夫。在《北方的河》中，黄河被比作主人公的父亲；在《胡涂乱抹》（1985）中，芳草青青的草原则被比作是主人公的母亲。正如《黑骏马》《胡涂乱抹》的中心张力介于现代和传统之间，作为一个被疏离感和怀旧感困扰的城市知识分子叙述者，深情地声称自己来自草原。张承志的穆斯林身份对其两本关注宗教政治主题的著作有一定的影响：《黄泥小屋》（1985）和寻根热之后的第一本小说《心灵史》（1991）。

其他人

张承志的真实写照适用于其他大多数寻根文学家，尽管他们都表现出对民族身份的关心，但这并不能被称作他们的主题。为此，只要看看几位作家（郑万隆、贾平凹、李锐和李杭育）写的有关他们家乡的系列短篇小说就能够明了。郑万隆表示，东北的鄂伦春族给自己带来了灵感，正是在那里，他度过了自己的青少年时光，因此，他像张承志一样对地域民族比较认同。他的系列小说《异乡异闻》（1985）唤起了一种作者与其家乡地域或地域文化相似的疏离感，他也一直把这种疏离感描绘成异乡情调。不同于韩少功（正如我们在第二章里讨论的），也与马原（见下文）相异，郑万隆并非有意把他对家乡的陌生感作为主题。尽管郑万隆曾表示民族认同可以被当作个人认同的一种意象，但故事本身似乎被其他主题所主导。

正如雷金庆所说的，一些文本引发了人们对原始和男子气概的关注，这些动机肯定与身份主题有关。❶ 一些小说描写的是关于在野外寒冷的森林中进行传统狩猎的场景，而在这个场景中需要"真男人"；这让人想起了张承志对男子气概的渴望和莫言对英雄祖先的怀念。另一个主题就是现代社会与传统社会的对峙。一个典型的例子就是《钟》，一个地道的鄂伦春族人被一个时钟的声音吸引住了，对他而言，这是一个陌生的新事物。

贾平凹的《商州初录》（1982）被视为开寻根文学先河的代表作，这是一系列书写贾平凹故乡商州的短篇和中篇小说，之后又被扩展为四卷集《商州：说不尽的故事》（1994）。贾平凹曾说，在自己有根的地方写地方风土人情是振兴中国文学的必由之路，由此可见其是认同寻根论的。然而，小说《天狗》（1984）和经常被谈论的《人极》（1985）主要讨论的是人际关系，特别是男女之间的。此外，其后续的小说就像郑万隆和张承志一样，主要是关注男子气概主题。雷金庆在《人极》中发现的性暗示（在《天狗》中也有呈现）可以被看作贾平凹之后小说《废都》（1993）的先驱，《废都》有时也被誉为当代《金瓶梅》。无独有偶，被视为寻根文学代表作的王安忆的《小鲍庄》（1985），实际上更关注普通人和人际关系，尽管小说有对民族神话和中国传统价值观的关注。但进入 20 世纪 90 年代，这些就不再是王安忆作品的关注重点了。

李锐的系列短篇小说集《厚土》（1986）所表达的内容表现了自己与故乡的一种亲密联系。然而，就像贾平凹的例子，人际关系与对农村女性命运的同情构成了李锐作品的主旋律。传统与现代社会之间的冲突这一主题，也在李锐后续的小说《旧址》（1992）中有所显现。该主题也在李杭育系列作品"葛川江系列"占据主导地位。《最后一个渔佬儿》（1982）描绘了一个男人，他不愿意放弃一个卑微的传统职业，也不愿意离开他扎根的农村地区，纵然他失去了与他所爱的现代或城市女性在一起的所有机会。有趣的是，郑义著名的小说《老井》（1985）也几乎有一样的爱情困

---

❶ 雷金庆（Kam Louie）编：《〈异乡异闻〉：郑万隆小说选》，伊萨卡：康奈尔大学出版社，1993 年版，第 1-22 页。

局。李杭育和郑义都曾多次就寻根进行辩论。尽管他们认为中国南方文化的某些方面有利于艺术创作，但他们在作品中除了对当地风俗表现出浓厚的兴趣外，还揭示了对传统和现代这一广泛主题的一种相当传统的处理方式。

与张承志和郑万隆一样，藏族作家扎西达娃不仅将少数民族的起源写入小说，而且还提出了一种不太传统的观点。从他的作品中可以看见魔幻现实主义的痕迹，扎西达娃也曾表示马尔克斯的《百年孤独》于1982年被翻译成中文之后对他影响深刻。在《系在皮绳扣上的魂》这一故事中，藏族传统价值观与西方现代文化往往是直接对立的；转经轮和电子计算器并排存在，精工表被周期性时间的地域概念"愚弄"了，而扎西达娃（与其他作家一样）在颠覆性的、元小说的、有时带有讽刺意味的叙述中使用了这种时间概念。❶ 然而，比起实验作家马原的作品，他更强调简单地描绘当地文化。马原对西藏也有丰富的描述，他不是当地人，并且有意在作品中营造一种异域氛围。正如赵毅衡所说："马原对藏语的运用是如此的表层和随意，以至于西藏并非观察对象，而只是他小说便捷的载体。"❷ 扎西达娃对西藏的直截了当地处理也许在一定程度上于事实中得到折射，在20世纪90年代，他就说过已经放弃创意写作，转而投身于保存藏族文化的纪录片中，这似乎意味着他把艺术放在政治承诺之外。

除了对中国文学传统和语言的一些评论外，高行健从未被认为是一个真正的寻根作家。这可能是因为《灵山》这本可以被称为寻根之作的文本，是在1990年那场辩论之后才出现的——况且，当时居住在法国的高行健没有将作品放在中国出版。据报道，高行健从1982年到1989年一直致力于完成这本小说，小说是基于他1983年的一段远途旅行，而这个时期的寻根精神无疑是存在的。在《灵山》中，高行健和很多其他寻根文学作者

---

❶ 关于本文的政治讽刺维度，请参阅吕彤邻：《厌女症、文化虚无主义和对立政治：当代中国实验小说》，斯坦福：斯坦福大学出版社，1995年版，第104–128页。

❷ 马原的中篇小说《虚构》就是最好的例子。参见赵毅衡：《马原：汉语虚构者》，《今日世界文学》（1995年春季）。

一样，从神话传奇说到少数民族习俗和道教传统，描写了中国南方的文化。❶ 高行健受佛教思想影响，要在精神上寻求"另一个中国"，而他以旅行为依托，像古时候的文人一般，远离首都北京和政治问题是对这种寻求的真实写照。尽管这部小说只是用代词来设计人物，但它基本上是用高行健典型的冷静、现实的笔调写成的——几乎是超现实主义的，着眼于细节。高行健向读者呈现了一股文化材料的洪流，他似乎想使这本书囊括中国的一切，从庄子到易经，从萨满到熊猫。结果，读者几乎没有机会完全理解叙述者的探索：一个隐士和一个信众的一些揭示性对话，高行健的探索动力仍然隐藏在偶尔感觉像是在炫耀知识的背后（与传统的文人一样）。此外，高行健似乎和郑万隆一样，对这种"异乡情调"的文化材料感到陌生。值得注意的是，在上述对话中，高行健明确表示他无法抛弃他的现代习惯和城市知识价值观，所以他再次离开了这一地区而前往城市。与韩少功不同的是，异化意识不是高行健作品的主题。高行健的描述手法和阿城的更加相像，主要是在道教或佛教中寻找一种中国式的智慧。因此，与阿城一样，高行健并没有真正实现传统文化在现代的复兴，而只是将其呈现为一种奇异而迷人的状态。其结果与其说是一种重新评价，不如说是一种荣耀。

形式：与文学传统的接轨

从一些寻根作家对形式的关注中可以看到一个对传统更为真确的复兴。而且，上述作者的文本差异表明，根据共有的民族主题而把他们统一为寻根文学作家群体是相当武断的。因此，把他们的形式关注看作寻根文学的统一特征更为合理。

贾平凹的作品以其独特的风格而著称，据说他的风格可以追溯到中国传统文类——笔记。然而，他的主题是当代的，换而言之就是"文化大革

---

❶ 参考第一章。在这部作品中，高行健和其他寻根作家一样，声称相比于主流儒家文化，这种民间文化是更有创造力的作品的思想源泉。参见赵毅衡：《走向现代禅宗戏剧：高行健与中国戏剧实验主义》，伦敦：伦敦大学（S. O. A. S.），2000年版，第104页。

命"时期的,正如小说《人极》。传统文体的矛盾和疏离感,例如大量的四字成语,与现代内容相结合(也体现在使用传统发音的时代名称,如"'文革'第二年"),叶凯蒂认为这是寻根文学的一个典型特征。❶ 并且,正如王德威提及的,在创作商州系列小说时,贾平凹受到了沈从文的《湘行散记》(1936)的启发。正如第一章所述,沈从文对寻根文学作家的影响是巨大的。特别是他本土化的写作更注重对普遍乡愁情怀的意识和主观性进行表达,而忽视对湘西家乡明确的写实性描绘。此外,通过对湖南古代文本(比如《桃花源记》)的讽刺引用,沈从文为后世作家开创了一种经典的文学范式。他的学生汪曾祺在 20 世纪 40 年代就已出版过作品,并在毛泽东时代之后以小说《受戒》(1980)重返文坛,被誉为是沈从文的传承者。因此,汪曾祺被年轻的作家视为"传统链条上的一环"❷。除此之外,古华与何立伟都来自沈从文的家乡湖南,阿城也曾公开表示他受益于沈从文的语言和可以追溯到社会主义建设时期的文化氛围。❸ 阿城本人也因其传统的讲故事风格而受到称赞,这也是对文学传统的正式回归。

  在《灵山》中,高行健选择章回形式——按章节划分或设置悬念。此外,他还加入了交替叙事声音的现代概念:高行健典型的代词复调(我、你、他和她)。整个 81 章也是对传统的一种映射,特别是《西游记》中孙悟空的 81 次历难,这是一个像高行健一样受佛教启发的探索。诚然,高行健的朝圣之旅几乎是传统佛教净化的教科书版本,背景设定在当代。包含新闻的、逸闻的、哲学的和抒情性写作的《灵山》被认为是各种风格的精美编织物。然而,这些并非模仿,而是反映了高行健作品中占主导地位的个人风格,甚至到了第一人称和第二人称叙事视角的转换往往没有明显的风格或语调变化的程度。这可能会让人质疑高行健对"我"和"你"的使用,就像其在小说中解释的那样,"我"和"你"实际上是同一叙述者/主

---

  ❶ 叶凯蒂:《20 世纪 80 年代的寻根文学:五四的双层负担》,Milena DoleŽelová – Velingerová 与 Oldǿich Král 编:《文化资本的征用:中国的五四工程》,剑桥、伦敦:哈佛大学出版社,2001 年版,第 238 – 239 页。

  ❷ 金介甫:《中国 80 年代文学中的沈从文遗产》,魏爱莲(Ellen Widmer)、王德威编:《从五四到六四》,剑桥、伦敦:哈佛大学出版社,1993 年版,第 84 页。

  ❸ 同上,第 76、90 页。

角之间的分隔,这反映了佛教对个性错觉的看法。

对经典中国小说形式部分的回归不只体现在高行健创作中。莫言的《红高粱》被周英雄视为是对"中国传统历史浪漫的颠倒"❶（因为英雄们是正义的,同时也是反叛的）,然而梅仪慈把小说中对《三国演义》和《水浒传》的影射看作一种拙劣的效仿互动。❷ 然而,与传统更明显的联系在于主导性非线性情节的缺失,这一点我们在关于《马桥词典》的第四章已经讨论过。毕晓普将这类中国小说定义为"增生小说"。莫言的《红高粱》给人的印象是一系列的短篇故事,其中某些动机以循环形式出现,这与小说的主要叙事结构非常吻合：叙述者在过去和现在之间来回地反复移动。莫言在接受采访时解释说,《红高粱》最初是作为一系列短篇小说构思的,后来应出版商的要求变成了一本书。❸ 在他之后的小说《酒国》中,莫言一系列的短篇故事并没有表现出与主题或情节的明显联系。莫言富有表现力和可塑性的语言,在短篇小说中表现得最为出色,具有一种迷人的气质,但在长篇小说中,这种气质很容易因重复而消散。

其他寻根作家的小说也能被看作松散的基于情节的系列短篇叙述串联。李锐的《银城故事》就是一个例子。这部编年体小说书写了在农村地区中传统与现代化的对立,其读起来就像是一系列插曲,而且命运的母题以不同的形式回归,如历史的命运、女人的命运等。另一个例子是苏童,其是先锋派作家,他可能觉得自己最接近"小先辈"（他这样称呼寻根作家）。❹ 他的小说《米》（1992）讲述城市与农村的关系：利己主义者的、暴力的城市生活与集体主义的、宁静祥和的乡村生活形成对比。他与大多数寻根文学作家的主要区别在于,他自觉地承认了回归理想家园的不可能。与莫言一样,苏童的视觉风格在其短篇小说中也很有感染力,常常营

---

❶ 周英雄（Ying-hsiung Chou）:《红高粱家族的浪漫》,《中国现代文学》第五卷（1989年）。

❷ 梅仪慈:《意识形态、权力、文本——自我表征与中国现代文学中的农民"他者"》,斯坦福:斯坦福大学出版社,1998年版,第216-217页。

❸ 莫言补充说,在这个过程中,情节和人物出现了一些不一致的地方。参见梁丽芳:《早晨的太阳:对失落一代中国作家的采访》,艾蒙克:夏普出版社,1994年版,第150页。

❹ 林恪:《作家心满意足的微笑:采访苏童》,《中国信息》第十四卷（1997年春季）。

造出一种神秘的氛围，但是在《米》中并非如此，它缺乏一个强有力的情节，或说是缺乏一个有效的统一主题。与莫言、苏童、李锐相比，韩少功更自觉地运用长短混合的手法，通过他的词典小说构建出一个统一。

值得注意的是，大多数寻根文学作家专注于系列短篇小说，这或多或少构成了长篇小说和短篇小说之间的一种中间形式。一个显著的现象就是短篇小说系列都是围绕家乡而书写的，比如：郑万隆的《异乡异闻》、贾平凹的《商州初录》、李锐的《厚土》以及李杭育的《最后一个渔佬儿》。有趣的是，苏童于2011年出版的小说《枫杨树山歌》就是一系列关于枫杨树的短篇小说。正如苏童自己在介绍中所称呼的，枫杨树是"幻想的家乡"或是"怀乡"，这在他的其他作品中也有所体现，比如《米》中主人公的故乡。本土题材与短篇叙事的结合似乎要追溯到20世纪80年代中期寻根文学作家的系列作品。正如我们在第四章所讲的，长篇小说对短篇叙事的偏爱，反映了中国古典文学的当代延续。但这并不是寻根的唯一特征，比如巴金的《家》、史铁生的《务虚笔记》。不过，在寻根小说家中，短篇小说系列仍然展示出与传统的深厚联系。

很明显，以形式为灵感的寻根之路比以内容为基础的传统方式更不常见。这暴露了与寻根文学作家理论作品之间的差异，即过于注重有利于文学或艺术创作的特定文化传统。值得注意的是，由先锋小说作家格非和余华创作的经典故事新版本，比如《呼哨》《古代爱情》，也都是以内容为基础的对传统的回归，因为格非和余华将古典主题置于他们个人的（后）现代文学形式之下。此外，就内容而言，典型的"寻根"主题似乎是一个过大的公分母，这无法解释作者的文学作品中主题的分歧，对韩少功来说尤其如此。例如，对他来说，"故土"和"乡村"的流行题材一直只是阐释传统文学主题的一个起点，比如相对性（现实与想象、真理与虚假）。此外，在寻根文学作品中，韩少功将这些主题与传统的形式元素（文本的简洁、情节的从属、说明和叙事的混合）结合在一起。至于长篇小说，值得注意的是其2002年9月出版的第二部小说《暗示》。这部作品也呈现出短篇与长篇的互动，以及散文和叙事的结合。在内容方面，韩少功贯彻了相对主义精神，他在前言中就表示，这本新书可以视为是对《马桥词典》的补充，因为它旨在通过从非语言的角度来理解生活，来驳斥字典中某些断言。❶ 许多寻根文学作家要么停止小说创作或转向非小说（如李杭育、郑万隆、扎西达娃、阿城、张承志、郑义），要么抛弃地域文化题材（如莫言、贾平凹、高行健），而韩少功则继续通过创造性地继承文学而非文化的传统，建立起一套连贯的作品体系。

---

❶ 韩少功：《暗示》，北京：人民文学出版社，2002年版，第1—2页。

结　语

　　对于韩少功的研究，副标题"韩少功与中国寻根文学"实际上有点儿不恰当。虽然韩少功被普遍认为是所谓寻根运动的发起者和领导者，但本次研究显示韩少功在寻根潮流中的角色比人们通常想象的要复杂得多。他的寻根方式不同于与此潮流相关的大多数作家。就形式而非内容而言，这是一种创造性的传统的延续——以个人的声音和方式超越了该潮流的狭窄边界。根据这些结论，我们也许不应该仅仅在寻根文学中提及他的名字。

　　事实上，这篇研究的目标之一就是对个体作家的重要性而非文学潮流做一个公正的评价，不仅是为了避免个体作品的简单化，而且也是调整一种潮流定义以便满足个体作家研究的需求。这与本篇研究的另一个目标紧密相连：重视文学文本而非历史语境。这种做法的后果之一就是，与当下大部分研究相反，社会政治和认知性的发展都被保留在背景之中。对于本研究而言，仔细研究一下 20 世纪 80 年代中期中国知识领域的"文化热潮"，无疑会为当前有关文学作品基于文化的解释提供很多启示。然而，这也许更适用于对文学史或者文化的研究，笔者在研究中选择了解决这样一个问题：在社会、政治和知识环境下，个体作品是否仍然具有意义，而不同于"文化"最初出现时的短暂迷恋。或者说，一个研究者也需要"以出世的状态而入世"。在笔者看来，韩少功的散文小说，与其他的寻根者不同，已经经受住了时间的考验：寻根文学作为一种发展趋势，如今已成为文学史的重要组成部分，而韩少功的作品仍然很有生命力。

致 谢

本博士论文是在柯雷导师和汉乐逸副导师的指导下完成的。

我要感谢伊维德教授最初的支持和指导；

感谢谭雪梅女士为我介绍了韩少功的作品，并将我引向这一研究之路；

感谢贺麦晓和于虹的鼓励，还有他们可口的川菜；

感谢莱顿研究生读书俱乐部的批评，感谢马苏菲和哥舒玺思更进一步的批评；

在学术以外的文学生活上，要感谢《文火》（中国文学荷兰语翻译杂志）的联合主编们，还有马丁·德·汉，他不仅在文学生活上，甚至在体育场上也给了我不少帮助；

感谢CNWS研究院，这里除了德米特里·范登·贝塞拉的咖啡，还有着良好的设施；

感谢我的父母，在卖10亿副太阳眼镜发家致富的假象支撑下，他们让我学习中文；

还要感谢李梅的坚韧和鼓励。

译后记

韩少功海外接受包括两个维面：一是韩少功作品的海外译介。对此，我在《作家词典·韩少功》(《当代作家评论》2017年第4期)一文中有过详尽的搜罗与介绍。自1983年以来，海外出版韩少功英译单篇作品或作品集26种、法译单篇作品或作品集13种、日译单篇作品或作品集10种、韩译单篇作品或作品集7种。另有荷兰文、越南文、意大利文、匈牙利文、西班牙文、瑞典文、波兰文、俄文等多种海外译本。二是韩少功作品的海外研究。我在《韩少功研究资料》(增补本)(天津人民出版社，2017年版)中收录了海外研究论文十余篇。代表性研究者有法国学者安妮·居里安、荷兰学者林恪、美国学者蔡荣、韩国学者白池云、日本学者加藤三由纪、盐旗伸一郎等。

汉学家林恪先生2005年获莱顿大学汉学系博士学位。我们译介的《以出世的状态而入世：韩少功与中国寻根文学》就是他的博士论文，也是海外唯一一部研究韩少功的学术专著。为完成博士论文写作，他译介了韩少功《马桥词典》《爸爸爸》《女女女》《鞋癖》等作品，为韩少功进入荷兰做出了重要贡献。

林恪先生的这部著作以点带面，将对韩少功作品的个案研究与对寻根文学的整体性阐释有机结合起来，并深度探究两者互为生成的内在机制。从"寻根"的角度切入韩少功，算是一个老生常谈的话题。不过，林恪先生并无多少兴趣重述前人观念。他的研究恰恰是建基于对前人批判性反思的基础上的。在他看来，学界对寻根文学的处理反映了一种主流话语实践，即以内容为导向，将文学作为有关中国的社会政治文献。这一实践在近年的"文化研究"潮流中得到进一步强化。为此，他力图返归韦勒克、沃伦倡导的以文学形式为本体的内部研究方法。在李陀、王德威、陈平原等人的论述中，林恪先生发现了有关"寻根"的全新内涵，即这一潮流与先锋文学有着更多的共性。在此意义上，寻根文学应被视为中国当代文学更为重要的一个发展阶段，它通过强调文学的更为广泛的文化层面，从而将文学从狭隘的社会政治联系中转移出来，并通过对文化身份的探索以及随后对主观表达和语言的强调为20世纪80年代后期和90年代的实验主义文学铺平了道路。以此为路径，林恪先生深入到韩少功文本世界，就相对性、自我、偏执、地方迷信、语言形式等议题展开了全方位的探讨。

三年前，我将这部书作为研究生学术训练的重要参考资料。李卉、余文娟、刘艳亭、苏培都曾翻译过部分内容。在这一过程中，我逐渐意识到这部书对于韩少功研究的重要意义。从2018年起，我将全书重译了一遍。王瑞瑞帮我收集了很多资料，并帮忙校对了书稿。湖南师范大学2019级语言学研究生钟迎港也对翻译提供了不少建设性意见。

感谢林恪先生。他慨然应允我译介这部著作，并为版权的事积极奔走。译介过程中，还曾多次帮助我解决翻译疑难问题。感谢蔡虹编辑，她的认真定会让这部译著走得更远。

廖述务
2020年11月22日